Author
今天下小雨
Illustrator
秋橙
The Light
常明醫院

第一章

常明醫院的門診表定時間到下午五點，奈何病人實在太多，明琛看到最後一位病人時，都已經七點多了。

最後一位病人是個年過六旬的老太太，長期糖尿病控制不佳，下肢出現糖尿病足，如今整個腳背發黑壞死，露出慘慘白骨，滲著膿血。

明琛嘆了口氣：「婆婆，妳這個不截掉，我實在不知道還能幫妳什麼。」

當初，治療計畫是截去幾隻腳趾，無奈老人家聽到截肢就嚇得半死，死活不願意手術，也不再來看診，一拖便拖了好些年。現在要截，怕是腳腕以下都保不住了。

老太太坐在輪椅上哭得滿臉是淚，講話含糊不清：「明醫師，我有在好好控制血糖了，藥都有吃，新陳代謝科的張醫師也說我有進步了，您再看看，可以不可以擦藥，讓肉再長回來……」

長回來當然是不可能。明琛耐心地解釋，也沒用上旁邊杵著的實習醫師，而是親自俯身，面色不改地替老太太流膿發臭的雙腳換藥換繃帶。

老太太還在叨叨地唸，說她沒人照顧，只能撿回收營生，還要走路的，不能截……

或許是老太太哭得太悲傷，也或許是大家看一天診都累了，送走最後一位病人後，整個診間氣氛都有點壓抑。明琛覺得頭疼，手揉著眉心，在椅子上坐著緩了一會。

實習醫師拿著一本學習手冊恭恭敬敬地請他蓋章，等他蓋完又說：「明醫師，剛剛陳主任打電話來，請你門診結束到他辦公室一趟。」

明琛待人其實挺好，隨和不挑剔，就是有點冷淡，面無表情時便讓人有些怵。尤其明醫師和陳主任不合，那是眾所皆知的事情。

但明琛倒沒有對戰戰兢兢的實習生說什麼，只是隨意一點頭，便招招手讓他下班，自己整理了下病歷後，才慢吞吞地往辦公室前進。

明琛和陳言德主任的不合，事情要追溯到三年前。

彼時出了一件醫療糾紛。一個外傷病人由陳言德主刀，術後當夜病人說了胸痛，護理師便通知一線值班的實習醫師。實習生到場後看了看，看不出所以然，沒打給二線也沒打給陳言德，偏打給了好脾氣的明琛。

明琛當時是住院醫師，天賦好、成績好、相貌好、態度好，諸多主治醫師偏愛他，也就更加積極地栽培他。

他白天跟著其他醫師開了一整天的刀，一路開到天黑，已經累去了半條命。當天分明不是他值班，深夜睡到一半卻還被電話吵醒，能接起來耐著性子聽已經頗厚道了。

那時明琛也沒有想到，這通電話就是道催命符，將他隨後的生活攪得天翻地覆。

這病人最初入院就沒分在明琛手上，從頭到尾沒見過面。他知道那二線和陳言德都是爆脾氣，深夜被吵醒免不了發火，不少學弟妹怕被罵，都盡可能避免打電話叨擾，有問題常轉而詢問明琛。

明琛通常很體諒，能答則答，但這回畢竟不熟悉病情，還是該按規矩來，便和那學弟說：「這個病人不是我照顧的，你這樣講也講不清楚，還是打給陳醫師吧。」

胸痛這種事情可大可小，病人剛開完刀可能哪兒都痛、哪兒都覺得不舒服，眞出現併發症的情況其實並不常見，但就是怕萬一。

這位病人就是那萬中之一。

凌晨時，病人併發肺栓塞，搶救不及，天還未明就宣告死亡。

陳言德正値主治醫師將要升主任的關頭，一心要把自己摘得乾淨。手術未必有瑕疵，可術後有明顯主訴，卻未有高層級醫師到場，確實會引發爭議——即便當時有人到場，其實也不一定能改變什麼。

家屬隨即鬧了起來，天天在醫院門口捧著遺照撒冥紙痛哭，嚷著要打官司。

於是陳言德表示對此毫不知情，並沒有接到電話。那學弟也說，病人痛了一會又不太痛了，他以爲情況還好，就沒打給陳言德。

然後他又補了句：但是他有問過明琛的意見。

而這句中的「但是」莫名其妙地把明琛捲入漩渦中心。當時，常明醫院的院長親自召見了他。

院長年近五十，有年紀，有城府，臉上帶著客氣的微笑，問道：「那天值班的實習醫師有打電話給你，說了有異狀，你去現場看了嗎？」

明琛那時太年輕，沒能看透這個虛假笑容後面的本意，他就事論事地回答：「那天不是我值班，我有讓他打給——」

「我只是問，」院長打斷了他的話，「你去現場看了嗎？」

明琛猛然怔住，從這驟然凝結的氛圍中察覺到了什麼，他忽然手心冰涼，嗓子乾啞。良久，終於發現自己只能回答：「沒有。」

最後，這樁跟明琛八竿子打不著關係的醫療糾紛，竟落在了他的頭上。很明顯，院方要的不是眞相，他們只是要人出來頂罪。

他當然可以鬧，也可以否認，然而在那之前陳言德便先找上了他。

「小明，這件事情呢，你也不用想得太嚴重。」他笑著替明琛斟了杯茶，「家屬在那邊哭著要提告，之前病人住院時也沒看到有誰來探望過，感情親厚那只是作戲給人看，說到底也就是要錢。之後醫院還是會爭取和解，賠償方面醫院有補助，我知道你家境有點困難，我個人呢，身爲主治醫師，可以幫你出剩下的部分。」

明琛那時擔著外界的謾罵指責與院內的指指點點，在崩潰前緣苦苦撐著，情緒壓抑到了極致——說不清是極度的恨、極度的不甘心，抑或是極度的絕望。

他坐在陳言德的辦公室裡，耳畔嗡嗚作響，意識幾近恍惚。

「我們醫院的律師團很有能耐，你眞要和醫院鬧，也不一定能鬧贏，最後還得離職，離職之後哪間醫院還敢要你？我看這一年呢，你就先休息，避避風頭，我知道你委屈，但你還小，明年再回來，誰還記得這回事？」陳言德又說：「你妹妹還在加護病房住著吧？那邊我也會讓人照顧一下。我記得她的醫療費用也不便宜？」

明琛沒說話。各式各樣的聲響混合著尖銳的耳鳴，在他腦中融合成一段雜音。

我鄭重地宣誓：

我將以正直、謙虛的態度行醫……

「你就去靈堂前道個歉，認個錯，牙一咬眼一閉也就過了。」

曾經念過的誓詞在明琛腦海中不合時宜地浮現，像是壞掉的唱片，入魔似的反覆播送。初衷的潔白與現實的髒黑互相撕扯碰撞，形成了太過鮮明，也太過嘲諷的對比。

我將要給我的師長應有的崇敬及尊重；

我將視同業爲手足，共同合作爲病人尋求最高福祉。

我將……

誓言字字泣血。

他頭痛欲裂。

「聽明白了嗎？」

沒過多久，院方給出官方說明，大致意思是實習生有把狀況回報給住院醫師，住院醫師聽著覺得問題不嚴重，沒有到場察看，亦沒有再往上通報，以至於悲劇發生。

明琛能理解醫院要犧牲他保陳言德，畢竟陳言德資深、是臺柱，可保實習生又算什麼？

這個疑問倒也沒在心裡持續太久，很快他就輾轉得知，那實習生的父親是位高權重的大外科主任。

唯有他，勢單力薄，孤身一人。

遍地都是弱點。

三年過去，陳言德的辦公室仍是這一間沒換，只桌上的名牌從「陳言德醫師」換成了「陳言德主任」。除此之外，連拿來斟茶的茶杯都是一樣的。

陳言德笑著客套：「小明今天很晚啊。」

或許是相由心生，明琛看他便覺著是一臉的老奸巨猾。他實在有些倦了，倦得這會又有點受不了此人的嘴臉。

他垂下眼簾，冷淡道：「每天都差不多。」

當時那樁醫糾鬧上了新聞，有許多媒體都想當面採訪明琛。陳言德擔心明琛說了什麼不該說的，便主動替他爭取了一個本來輪不到他頭上的出國進修機會。

明琛隨後出了國，也是個爭氣的，提前拿了學位回來又考過專科，直升主治醫師，進度比當初的同級都還要快。

和解的賠償，還有妹妹這些年的醫藥費，陳言德倒是眞的出了，但出國進修仍是一筆不小的開銷，一向是由院方先墊付，復職後再從薪水中扣還，於是明琛仍欠著醫院錢。

他每個月還的份額很大，因此即便當上主治，手頭仍舊不算多寬裕。加上陳言德時常叨念業績、叨念科收入，明琛的門診便從來不限號，向來是病人最多、下診時間最晚的。

時光流逝，曾經的天之驕子已不復見過去的張揚與熱血，如今看來顯得淡漠內斂。這種難以捉摸的感覺偶爾會讓陳言德有些不安，曉得這人不是以前那個任人拿捏的孩子了。

但同時又覺得明琛沒錢沒勢，哪有什麼好怕？

這種矛盾的感覺交雜，加上陳言德始終的心虛，揉在一起後就化做了惡意，經常故意挑明琛的毛病，明裡暗裡擠兌他、嚼舌根；更是常派他做些別人不想做的雜務，比如說負責醫院評鑑、比如說替醫學系學生上課、比如說去偏鄉衛教……

比如說現在。

「你明天要出庭作證對吧？明天下午醫師公會有個會議要開，正好，公會離法院很近嘛，你作證完替我去聽一下吧。」

出庭是因爲有個被家暴的婦女傷情需要進一步說明，法院便發了傳票給替她動手術的明琛。

至於公會會議，不外乎又是一些健保申報的拉雜事項，未必有重要內容，大多數的醫師都不樂意去，但整間醫院都沒人到場又有點失禮。

明琛還沒回答，陳言德的笑容帶了點譏誚，又說道：「我太忙了，小明你就當幫個忙。反正法院你以前也不是沒去過，那附近你應該很熟？」

可能實在是太累了，明琛又開始隱約地耳鳴起來。他看著眼前的茶杯，心想，三年過去他變了很多，唯一沒變的是他仍想將茶杯狠狠砸到面前這人頭上。

然而彼時年輕氣盛的他沒砸，現在當然也不會。他平淡應下，拿了會議通知書走了。

出醫院時，外頭黑沉沉的天空烏雲密布，看來要下雨。

明琛在上車前回頭看了一眼這間全國公認排名第一的龐大醫院，夜色中，純白高聳的建築物高處，八個金色大字躍入眼簾。

濟世愛人，希望常明。

當年出國前，最後一次離院時他也看了這麼一眼。明琛試圖回憶，當時那個被前途所迫、被經濟所迫、被妹妹病情所迫，而被押著跪在靈堂前磕頭的自己，在看見這八個字時，心裡確切是什麼感受。

卻想不太起來了，倒忽然想起那個面臨截肢的老太太。

他揉了揉隱隱作痛的太陽穴，嘆了口氣，自問道：誰又不可憐？

紀項秋第一次見到明琛，是在法庭上。

此人穿著襯衫長褲，外罩一件白色長袍，左胸藍字繡著：明琛醫師。他做為證人被傳喚，解釋原告的傷情細節。

明醫師口條挺好，卻不是個愛爭辯的性格，更和舌燦蓮花、花言巧語沒有絲毫關係。對他來說，事情是這樣就這樣，誰理你那些彎彎繞繞。

傷勢可能造成的後遺症，其實多少帶點醫師的主觀。一句「以後有可能……不一定」，要把話說重了些並不難，措辭銳利些也行，即便最嚴重的症狀發生率可能不到百分之一，誰也不能說你錯。

不過明醫師沒有，他從頭到尾敘述平淡，沒有把話往重了說，沒有故意偏袒看來可憐弱勢的原告，整個人客觀得有些不近人情。

紀項秋是被告的辯護律師。

雙方立場恰好在天秤的兩端，難免不會是多愉快的初識，但明琛被辯方詰問時顯得那麼雲淡風輕，好像根本沒往心裡去。

紀項秋覺得這人很有意思，當然也不排除可能有外貌因素——明琛生得好看，英俊又清冷，甭管他講什麼，光站那兒就讓人耳目一新。

對紀項秋而言，這個訴訟很輕易，丟給律所的徒弟也十拿九穩。但被告人是託了一些老關係指名找他，他正好有空就給了面子。

原告沒有得到想要的結果，當場就崩潰地哭了，紀項秋自知在這場訴訟中他不是什麼討喜的角色，遂低調離席，沒有與這位明醫師攀談結交。

巧的是，一天都還沒過去，便又二次見上了。

紀大律師前些天剛結束一個大案子，贏得漂亮，酬勞也高，整個律所約了今晚喝一杯慶祝。

紀項秋現年三十六歲，奔四的年紀，正在事業的最高峰。他確實有能力、有手段，好幾年前打贏了一個不被看好的大案後一炮而紅，從此奠定了名聲，連帶著律所都知名了起來。

紀項秋不是好大喜功的人，架不住律所的後輩起鬨，姑且來充當錢包，不過倒是也有意外收穫，一進酒吧，他一眼就先望見了明琛。

明琛已是常明醫院的主治醫師，臉卻顯得年輕，摘掉醫師袍後猛一看倒像是個清秀的大學生，在群魔亂舞的酒吧中顯得很突兀，也很搶眼。

他臉色疲倦又蒼白，形單影隻地坐著飲酒，婉拒了所有前來搭訕的男男女女。一雙好看的眼眸眼尾微揚，有種帶笑的錯覺，仔細看進眼底，會發現其中只有疏離與冷漠。

「明醫師，真巧。」

一道低沉好聽的嗓音在身側響起，明琛又啜了一口酒，才慢吞吞地抬眼看去。

來的是一個高大挺拔的男人，輪廓深刻俊美，端著沉穩而彬彬有禮的笑容，很容易讓人心生好感。

然而一聽見「明醫師」三個字，明琛便感到一陣不爽。

他不喜歡在工作場合以外的地方被認出來，好像被迫套上白袍似的，得維持著醫師的形象。

譬如說現在，他就不能撂下一個「滾」字，而是得客氣地點頭，問：「你是？」

男人似乎有點詫異，倒也沒覺得惱怒，反而眼中浮現一點笑意：「早上在法庭見過。我是律師，紀項秋。」

明琛「啊」了一聲，向他抬了抬酒杯後一口飲盡，像是賠罪。

「抱歉，我臉盲，記不住人。」

律師這行業也是需要形象、需要臉面的，明琛這下覺得公平了些，面色稍霽。

紀項秋觀察了幾秒，確認這人沒有要趕自己走的意思後，在他身旁坐下，點了兩杯酒，一人一杯。

明琛似乎已經喝了不少，一雙眼睛濕漉漉的，透著漫不經心。

「紀律師不和朋友一起？」他沒客氣，伸手就接過來喝了，看了看後面那夥人馬，又問：「和同事來慶祝？」

紀項秋點頭道：「都是年輕人，我老了，玩不動，讓他們自己去鬧騰也自在一點。」

明琛笑了笑：「你看起來可不老。」

這不是客套話，紀項秋看起來正處於男人最好的年紀，沉穩、大氣、風度翩翩，舉手投足都透露出一股游刃有餘的優雅，與老字沾不上邊。

初相識的話題多半從彼此的交集中切入，他們目前唯一的交集是早上的案子，但以各自的立場及當事人的隱私來說，此刻顯然不適合提起。兩人便圍繞著職業相關卻又無關緊要的趣事，有一搭沒一搭地聊了起來。

都是拔尖的行業，他們對彼此多少都有些好奇。

「做律師怕是常得罪人吧，走在路上沒被打過？」明琛半開玩笑地問，紀項秋還眞點了點頭，右手袖子挽了起來，臂上帶疤。

「這隻手斷過。」

那也是好幾年前的事了。紀項秋承接刑案居多，危險也就相對多了點。當時正在辦一個涉黑大案，他走在路上就被一夥人拖入小巷子。要不是他平時鍛鍊規律、體格好，撂倒了幾個，撐到了路人報警，怕結果不只是斷一隻手。

就是那個案子奠定了紀項秋如今的地位。不過此時提起，他也未有得意之色，輕描淡寫地像在講一樁平淡往事。

現在他有意減少接案數，重質不重量，偶爾上個談話性節目或參加講座，倒還算是清閒。

「明醫師呢？相較之下該比律師討喜多了，大概也沒誰捨得打你吧。」

「哪兒的話。」明琛被他的話逗笑，「打是沒遇過，但醫鬧也不少。醫得好他們把你當菩薩，醫不好就什麼都能找碴，說你沒技術、沒醫德，說你年輕，靠不住。」

吧檯對面的調酒師炫技炫得特別賣力，酒杯和酒瓶不停在手中翻轉，一下燒著火焰，一下乾冰冒煙，配上色彩鮮豔的酒種，讓人眼花撩亂。明琛頗覺有趣地看著。

紀項秋看了他一眼，問道：「明醫師第一次來這兒？」

明琛「嗯」了一聲，目光沒有挪開：「這裡遠。」

他看得目不轉睛，冷淡的氣質稍稍退去，顯得有點可愛。

紀項秋不禁莞爾：「好奇問問，明醫師今年多大歲數？」

明琛沒有立刻答上來，計算了一下才說：「二十八。」也許是感覺到紀項秋的驚訝，他解釋道：「國中小跳過級。」

「不愧是醫師，從小就那麼優秀。」

紀項秋是誠心地稱讚。聰明的孩子不稀奇，在小小年紀就能沉下心來苦讀跳級，卻非常難得。

明琛嘴角的微笑卻帶了點諷意：「沒什麼優不優秀的，家裡窮，都只是被迫。」

這個回答不夠圓滑，是會讓人難以接話的語句。

明琛雖然長著一張二十歲的臉，但言行一直是超齡的圓融老成，因此紀項秋聞言有點意外，卻也沒有僵住，而是語氣特別自然地問：「你心情不好？」

對著初認識的人問心事那就過於深入了，可也許是紀項秋的聲音太過沉穩溫柔，又或許是酒精的緣故，明琛沒覺得唐突，反倒是心裡一酸，喘了口氣才緩下來。

然而一團糟的生活又哪是幾句話能簡單說盡？

「沒什麼，」最終他只是笑了笑，「只是太累了。」

「紀老師！」

一個開朗的聲音從背後響起，就見一個青年撲到了紀項秋背上，大咧咧道：「紀老師不能只顧著跟朋友聊啊，今天不是你帶我們來慶祝的嗎？」

後面還有幾個年輕人也走過來，跟著附和：「對啊對啊，來一起坐啊！介紹一下就都認識啦！」

紀項秋工作時要求高，偶爾嚴厲，也會罵人，但工作以外倒沒什麼架子，小律師們都頗親近他。

他們以爲紀項秋巧遇朋友要聊幾句，便沒來打擾，哪知這倆聊了一小時還沒完，根本把他們放生。

紀項秋一臉嫌棄地拍掉掛在自己背上的人，像在拍灰塵，一邊說：「別鬧。」

大夥兒喝了點酒，顯然都在興頭上。明琛看著他們嘻笑玩鬧，還沒說什麼，就感覺手機傳來了震動，螢幕顯示好友的名字：蘇璟玉。

他見紀項秋在跟小律師們說話，便自顧自接起。

「喂？明琛？你在哪裡？」

蘇璟玉的語氣很急，明琛一聽就感覺不妙：「怎麼了？」

「你妹妹……你妹妹下午又進去了，急刀，我那時候打你電話沒接，你今天不在醫院嗎？」

酒精加劇了腦海的空白，明琛下意識站起，恍惚的目光慣性黏在紀項秋這夥人身上。

「現在剛穩定下來，還在恢復室，你……」蘇璟玉遲疑了一下，「你要過來嗎？」

「我不要他來！」

明琛還沒回答，一道尖銳的女聲便透過話筒傳了過來，接著是一連串乒乒乓乓的聲響，像是有人劇烈掙扎、有什麼東西被翻倒，夾雜著醫護人員的安撫聲與指令聲。

明琛空著的一隻手按在桌邊，指尖不自覺蜷起。手機那頭傳來的混亂與這裡歡快的嬉鬧交錯在一起，顯得衝突而荒誕。

他喝了太多酒，以至於眼前的畫面好像不太連貫，猶如幻燈片似的，一幀閃過一幀。他的視線輕飄飄掃過面前一張張笑容，繞了一圈最後不知怎麼就落在紀項秋的腕錶上。

他認得這個牌子，一只手錶就近百萬。

一切總是那麼恰巧。

恰巧地嘲諷。

「明琛，抱歉，她剛好醒來……」蘇璟玉百忙之中終於再次出聲：「我今天值班，幫你顧著，沒事，別擔心，你就……就先別過來了。」

明琛有點想不起自己回了什麼，可能是「知道了」或者是「謝謝」。電話掐斷。

四周不知何時已回歸安靜，他呆站了幾秒才發現那些小律師已經被打發回去，黏在手錶上的視線一拔開，就對上了紀項秋的雙眼。

紀項秋正凝望著他。

那目光很專注、深邃，像是能把他整個人洞穿，也許那就是律師的目光，明琛一時竟無法坦然與之對視。

他轉開視線，緩了幾秒，才撐出一個笑，開口道：「我有點事，先走了。」

「再坐一下，幫你叫代駕。」紀項秋點點頭，低頭找出手機按了幾下，又問：「你還好嗎？」

明琛整個人突然被一種怪異的情緒支配，喉嚨梗著，身體僵著，不太確定自己是否紅了眼眶，反正紀項秋沒有看他——連「沒有看他」這個動作都顯得那麼得體——不像他，一路掙扎打滾，混得狼狽難堪，一身是泥。

他忽然笑了出來。

明琛一貫冷漠的容顏，笑開便如冰雪消融後綻放的花，令人為之驚豔。

「不好又怎麼辦，你要安慰我嗎？也可以啊。」他俯下身來，嘴唇幾乎貼著紀項秋的耳畔，帶著一種惡意的繾綣：「反正你不是本來就想泡我嗎？」

第二章

明琛的動作和語氣所透露出的慾念太過明顯，他終於得以在紀項秋不露山水的眼中看見了愕然。舒適距離被打破後，兩人之間的氛圍突變。

揭開了客氣的包裝，紀項秋的眼神驟然幽暗，變得凌厲而深沉，像是蟄伏的凶獸。

成年人與成年人之間的套路都是彼此心照不宣，沒有這樣一口氣把窗戶紙捅個大洞的。雙方有興趣，相互試探是一回事，可照面第一天就上床，那就又是另一回事了。

紀項秋眉頭微蹙，神情說不上高興也未有不悅，只是深深地看著他：「你不要後悔。」

明琛又笑，反問：「我有什麼能後悔？」

紀項秋與他對視了一會，而後修長的手指撫上了明琛泛紅的眼角，只說了一個字：

「好。」

✦

暴雨還是落下了。

他們從酒店房間的玄關擁吻到浴室，被雨淋到半濕的衣服在拉扯中一件件褪去，散落了整路，草草沖洗後又糾纏著上了床鋪。

帶著酒精的吐息交融，混著沐浴液的香，伴著外頭隱約的雨聲雷鳴，明琛自恃酒量好，不覺得自己喝多了，卻又在這一陣陣激情中越發暈眩迷醉。

他的手臂與肩背上有些舊傷，其中很多是小而圓的傷疤。紀項秋注意到了，卻沒多問，只是在上面一處處地舔過、吻過，帶給人絲絲顫慄。

同時他修長的手指在明琛的穴口開拓擴張，磨蹭著柔軟的腸壁。

這種被異物入侵的感覺，明琛其實並不熟悉。他交過男朋友也交過女朋友，但都是以前的事了，後來實在太忙，這一、兩年內基本沒有性生活。

他有些不安地扭動了一下，這一點掙動換來的是更強勢地鎮壓，穴內敏感的那一點被找出來狠狠地揉弄摁壓，復又一下一下地頂弄抽送。

「嗯……」

眼前的畫面開始變得模糊，明琛全身過電似的打顫，前端滲出液體，將下腹打濕一片。

炙熱硬挺的巨物抵上穴口時，他微不可見地瑟縮了一下，男人注意到了他的生澀，俯下身來親了親他的耳朵。

「沒事。」紀項秋的嗓音低沉，說道：「別怕。」

柔軟的穴肉被尺寸驚人的性器緩緩破開，好似每一絲皺褶都被撐開熨平，明琛嘴唇顫抖、眼神迷亂，他像是內心空洞了太久，迫切地想要被塡滿。那物沒入到最深時帶來了一點疼痛和痠脹，卻又令他有種詭異的、被充實的滿足。

可能是因爲他夠大。明琛有些恍惚地想著。

紀項秋在最深處停頓了一會，像在感受著通道的緊致，不過也沒有溫存太久，隨後而來的便是一陣狂風驟雨般的頂弄。

初見面的愼重與試探，被明琛猛一把打翻，成了一夜情——他是故意的，也曉得紀項秋知道他是故意的。那點小心思在紀大律師眼前根本不夠看，況且他也沒有費心遮掩。

紀項秋沒有點破，愛撫仍舊溫柔，極盡挑逗，然而下身的動作卻特別凶暴。

明琛咬著唇，試圖抑止自己的聲音，只有在被操得狠了的時候，才偶爾溢出一兩聲隱忍的嗚咽。

紀項秋的指尖從他的齒縫間探入，將那被咬得嫣紅的唇瓣解救出來，手指沒有抽出，先是翻攪、逗弄起濕軟的小舌，而後模仿著下身律動的頻率，在他口中抽送起來。

「哈啊……嗚……」

明琛被迫仰起頭，張著嘴，上下兩張小口同時承受著侵犯，腦海被令人頭皮發麻的快感淹沒，痠脹的後穴痙攣收縮。

他的喘息及哽咽聽來甜膩，那張一向清冷的面上此刻被情慾的紅潮覆蓋，通紅的眼眶眨了眨，掉下一串淚珠，看起來可憐又委屈。

紀項秋的手忍不住撫上對方的臉側。明琛無意識地偏了偏頭，在那只溫暖的大手上蹭了蹭，像隻小貓，灼熱的喘息呼在紀項秋的掌心，癢癢的，似在他心口撓了一下。

恍惚間，明琛彷彿聽到了一聲嘆息，但他還未能仔細分辨清楚，便又被捲入下一波浪潮之中。

✦

今天是「刀日」，不必坐門診，總覺得屁股有點疼的明琛，心裡不爭氣地浮上一絲慶幸。

提到整形外科的手術，一般人先想到的可能是醫美，像是削骨、隆乳、割雙眼皮之類，事實上那些只占了非常小的一部分。來醫院求診的多半還是吃力不討好的重症病患，例如頭頸癌重建、截肢或接斷肢、大範圍燒燙傷等等，一台手術動輒要開七、八個小時起跳。

查房時，明琛旗下的住院醫師跟在一旁。此人名叫朱暢之，心寬又體胖，大家都暱稱他小胖。

小胖報告道：「明醫師，今天在三七房有一台跟口外的聯合手術。」

整形外科很常會有聯合手術，多半是與口腔外科或耳鼻喉科合作，範圍較大的頭頸部腫瘤切除後，會找整形外科來重建，取身體其他部位來修補臉上的缺損。

明琛其實不太喜歡聯合手術。

一是時間難掌握，有時對方說中午十二點前能切完腫瘤，最後卻可能弄到兩點還沒交刀。二是他們切腫瘤時，偶爾會不小心把重建時希望能留下來的血管神經都幹斷了。無論是口外或耳鼻喉，每位醫師的手法和技術都有差別，講難聽點就是品質不一。大家做久了就大概知道，如果合作到某某科的某某醫師，那就要有心理準備，接到手上的可能是一團爛攤子。

許良爲醫師就是讓人很需要做心理準備的一位。

明琛下午一點換上刷手服，進了三十七房看了看，不意外，離收尾看來還有很大一段進度。許良爲的魔鬼操作，導致滿桌是血，在無影燈下曬了好幾小時，他的額頭都是汗。許良爲四十來歲，其實很資深了，鬢邊都有些發白，但外科這種技術活可能還是要點天分。很多醫師都不樂意和他合作，連住院醫師都不想被分在他的隊上，覺得丟人。撇開技術不提，明琛對這人其實沒什麼意見，客氣地與對方打過招呼後，便先去休息室小盹。

「三七房叫血！快點！」

可能是因爲心理準備做得太足了，明琛聽到喊聲的那一秒就從小睡中清醒，起身往刀房疾步而去。

不是電視劇演得誇張，動脈破裂時血的確是用噴的。明琛在門口就看見了鮮紅色的噴泉，在紗布的強壓下偶爾冒出，血柱射向天花板。

見狀，明琛心裡就有底了。他刷手披衣，步伐快速地來到手術台邊，沉聲問道：「怎麼破的？」

許良為似乎嚇傻了，手忙腳亂地回答：「動脈壁黏著腫瘤，管壁很薄，剝離的時候就裂了一道……」

「多大？」

「應該不到半公分。」他慌得講話都有點口吃，「差、差不多就半公分。」

半公分內的小撕裂傷，聽起來可以夾上。但實際做起來當然沒那麼容易，鮮血狂湧的狀況下根本什麼也看不見，更別說在一團血肉模糊中找到血管上的小破口。

許良為自覺讓出主刀位，來到二助位置。原本站二助的口外學妹退到另一邊，顯然還太年輕，沒見過多少大場面，一臉緊張。

旁邊的流動護士問：「明醫師，需要叫急救組嗎？」

開始噴血的時候他們本來要叫了，見明琛來就又放下了電話。如果說許醫師是眾所皆知的不牢靠，那明醫師就是大家公認的定心丸。

明琛頭也沒回：「不用，沒事。」語氣平穩，好像真的不是大事。

抽吸管瘋狂吸血，病人血壓往下掉，血庫來血後又打上來。明琛沒動那坨血紅的紗布，也沒直接從血泊中找裂口，而是從近心端開始重新剝離。

他對解剖構造太熟了，不一會兒，便帶著一條結紮線，繞過源頭動脈後，手法迅速且漂亮地打了個結。

噴泉戛然而止。

接下來的事情就更容易了。他找到了破口的位置，取了血管夾在那處喀喀幾下，配合電燒，然後放開了結紮線，管壁再次充滿血流，飽脹起來。

嗶嗶狂叫的儀器也安靜了下來，剛才的驚慌與緊急像是一場幻覺。

明琛點點頭：「繼續吧。」

他說完便轉身走了，深藏功與名。

許良為最終打破了紀錄，接近四點才交刀過來。明琛接手開完已經晚上十點了，一看手機有三個未接來電。

明琛撥了回去。

「嘿，你不會是這才下班吧？」一個歡快的聲音從話筒那邊傳來，周遭有點嘈雜。「過來吃消夜啊。璟玉也在，就欠你了。」

這人叫周弦，加上蘇璟玉，他們三人大學時期是同學。醫學系一班一百多人，對臉盲的明琛來說，給他兩年也認不來多少人，即便認得了過陣子還可能又忘。

周弦倒是讓他給記住了。

大三時有門大體解剖課，每個禮拜下課前得用花灑裝一壺福馬林，對著大體老師全身淋一遍，防腐。彼時不知哪個白痴將花灑裝了自來水，又不知是哪個白痴就拿著當福馬林用了。

隔週再來時，整間課室都是極濃的腐臭味，被澆水的大體老師發了霉，全身長蛆。頭臉尤其是重災區，時不時有白白的蛆蟲從各種孔竅中鑽出，簡直像是《惡靈古堡》的電影場景。

後來大家知道了，那白痴就是周弦。

全班開了一學期長蛆的大體老師，不想記住罪魁禍首也難。明琛有一陣子都不是很想跟周弦靠得太近，總覺得此人走在路上可能會被雷劈。

但他們卻很有緣，一路上都在同一間醫院，周弦又是自來熟的個性，一來二往也就熱絡了。明琛後來出國倒賺了一年年資，目前這二位都還是總醫師，性格跳脫的周弦走兒科，沉靜的蘇璟玉走心臟外科。

三人最常約的消夜地點是離醫院很近的小吃攤，主打串燒和啤酒。明琛到的時候桌上一片狼藉，顯然這倆已經待一會了，就等他呢。

他一坐下就先看向蘇璟玉：「我妹……」

知道他會問，蘇璟玉張口就將病情和手術過程詳細地說了，最後安慰道：「你放心，她今天狀況都很穩定了，預計明天就能出加護病房。」

明琛的妹妹叫做明芊，有著先天性心臟病，從小就是家裡醫院兩頭跑，挨過一次又一次的手術。醫生曾估計她活不過四歲，後來又估計活不過九歲，病危通知書發過三、四遍，卻出乎預料地撐到了現在，十五歲了。

蘇環玉停了下，又說：「她目前情緒不適合太激動，你暫時就別去了，我幫你顧著。」

明琛點頭，沒多說什麼。倒是周弦眼睛一瞪，大呼小叫了起來：「不是吧，你和你妹還沒和好啊？她都多大了還沒懂事？有沒有體諒過你啊？你是上輩子欠她債——」

蘇環玉在桌下踹他一腳，「吃你的吧。」

周弦個性就這樣，想什麼說什麼。但蘇環玉的立場也是站在明琛這邊，替明琛感到不值，所以他聽著也沒覺得如何，垂頭吃起串燒。

明琛很累了，除去生活一直以來的忙碌與疲憊之外，昨天還淋了雨又荒唐一晚，倒也沒眞的生病，就是倦怠，頭疼和耳鳴一陣一陣的。本來下班後他就想回家躺平，不過因爲開長刀到現在，晚飯都還沒吃，這才來塡塡肚子。

蘇周兩人吃得差不多了，只有一口沒一口地喝著啤酒。周弦問他：「哎，喝嗎？」

明琛胃不好，且昨天才喝過，不想折騰自己，搖搖頭說：「胃疼。」

蘇環玉知道他飲食不規律，皺眉說道：「你是餓太久，有一餐沒一餐的，又把咖啡當水喝，才有這毛病。」

明琛只是笑：「蘇媽媽，我這不是需要提神嘛。」

「你今天怎麼那麼晚？加刀？」

「沒，開了一台聯合。」

周弦「哈」了一聲，用戲劇化的聲音說：「聯合，莫非遇到了那個許老……」見明琛表情微露無奈，他還自己嚇了一跳：「臥槽，眞是他啊？」

許良爲太出名了，看過他手術的都知道，他的解剖構造剝離得不清不楚，小血管也不勤於結紮，每每開刀都是血流成河，凶殺案似的，幾乎每年都有一兩位實習生在他的手術上暈倒。

明琛聳聳肩，沒說許良爲什麼壞話。周弦講著講著自己又猥瑣地笑了起來：「不過聽說他們口外的住院醫師很正點，你今天有看到嗎？正嗎？」

明琛巴了一下他的頭作爲回應，沒說他光顧著看那病人血濺三尺，根本沒注意學妹的臉。

「你們兒科不也有個學妹很正點？」蘇璟玉想起今天聽來的八卦，「都有『白雪公主與七個小矮人』的故事了。」

原來是一位請假去生產的學妹，不知爲何，住院期間竟有七個男主治醫師輪番去探望她、關心她……整間病房都感覺有點綠。

明琛笑罵：「你們這都什麼跟什麼？總醫師這麼閒的嗎？」

蘇璟玉嘆道：「唉，就是太忙了才要八卦調劑身心嘛。」

周弦表示認同，看了看明琛帶著倦意的臉，又說：「你也是啊，別把自己逼得太緊了。」

明琛這幾年的經歷，蘇璟玉和周弦都再清楚不過。

這兩人擔心過他、替他抱過不平、盡可能地幫過些小忙，也看著他從彼時那樣一步一步走到現在。當時他們還沒覺得如何，出國兩、三年未見，再相遇時那變化就特別明顯。

周弦的回憶裡有件事記得特別深。

在他們同爲住院醫師那年，明琛手上有個照顧很久的病人過世了，醫院難免有人來來去去，不是多稀奇的事情。明琛因爲曾經跳級，年紀比同級人小，行事卻一向俐落可靠，當天病床推走時，明琛言行仍然有條不紊，但是周弦看見他紅了眼眶。

這不是多大一件事，周弦不知怎地就對那一幕特別印象深刻。

明琛一直以來之所以人緣好，不是因爲油嘴滑舌或八面玲瓏，而是他這人特別踏實、肯吃苦，他家裡狀況複雜，活得坎坷，卻又心胸寬，找他幫忙他能幫上的都願意幫。

這人太好了，基本上很難在他身上找到一絲錯誤或瑕疵。

如果要周弦來形容當時的明琛，他會說這人有熱血、有理想，還特別心軟，是個至情至性的好人。

如今看明琛當然也是一表人才、冷肅沉穩，不過已經很難找著最初那位少年的影子了。

然而要因此說一句「你變了」又顯得太矯情，所有人都在成長，在現實的社會中找一條妥協的道路走，又有哪個人可以絲毫不變？

可周弦實在擔心，覺得明琛活得太「淡」了，好像修仙似的，淡得隨時能斬斷紅塵，原地飛升。

於是他握著酒杯長吁短嘆地勸：「每天這樣醫院家裡兩點一線，遲早得憋出病來。你要找點私生活啊！找個妹子療癒自己啊！醫院那麼多單身女子對你虎視眈眈呢，要不要哥幫你介紹介紹？」

看周弦痛心疾首的樣子，明琛沒好意思說他昨天就浪了一整晚，今天都感覺腎有點痛。

周弦還沒完：「我看你就是禁慾太久才這麼悶，學學你們科那誰，王苑如？聽說她這兩年換過四任男朋友了。」

蘇璟玉想起什麼：「哦，我聽說第四任最近好像也分手了……」

哥兒們之間的對話沒什麼下限，講到最後不知為何又變成八卦，周弦和蘇璟玉笑鬧起來，明琛也跟著笑，沒人注意到「王苑如」三字一出時，他的手指頓了一下。

王苑如和明琛同科，也是去年才升上主治醫師，明琛出國前，王苑如還是學姊。此女外型靚麗，追求者眾，卻是個強勢驕傲的個性，看不上那些後面苦苦追求的，倒是看上了明琛，並且主動出擊。

女追男隔層紗。明琛當時沒什麼想法，但也覺得這人不錯，可以相處看看，就順水推舟地開始了一段曖昧期。

這段曖昧期短得嚇人，短到連周弦和蘇璟玉都沒能知道。

兩人約會過兩次，看過一次電影、吃過幾次飯，都還沒把話說白，那起醫糾案就爆發了。

彼時明琛被那一團破事弄得焦頭爛額，等到事情塵埃落定，再想起王苑如這個人，都已經是出國前夕了。

當時他們又見了一面。

都是聰明人，只一眼的交會，就看明白了彼此所想。

一個是沒打算共同承擔這份壓力與非議，也不想隔著海洋談遠距離戀愛；另一個是在這一段折磨與困境中，發現自己其實根本一次也沒想起過對方。

兩人半斤八兩，薄情得不相上下，他們客氣道別，各奔東西。

明琛偶爾會想，如果沒有那起醫療糾紛，現在可能會是完全不一樣的光景，說不定他和王苑如都談到婚事了。當然，也可能早已成爲那諸多前任中的其中一任。

會這樣想，倒也不是對這人餘情未了、念念不忘，畢竟最初明琛也還沒能投入多少感情。只是有時他仍會對那可能截然不同的人生，感到略微感慨。

✦

明芊的病房在C棟六樓，她不樂意見明琛，明琛也就盡可能避開那一區，兄妹倆很少碰上。但今早明芊正好從加護病房遷出，病床一路推往C棟，正巧經過了明琛查房的路徑。

明琛遠遠就看見了，遂停下腳步，沒有靠近。

小胖跟在他身側，順著看了過去。

醫院內確實沒什麼是祕密，很多醫護都知道明琛有個心臟病的妹妹，似乎感情不睦，很少見明琛前去探望，有些閒言閒語還說明琛冷血。

小胖問道：「明醫師？要過去看看嗎？」

明琛搖頭，就這麼遠遠望著，等到病床消失在轉角才又邁開步伐，神色始終淡淡的，未顯情緒。

看過昨天聯合手術的病人後，明琛在病房護理站遇上了同樣剛查房完的口外學妹。學妹像是追星族撞見了偶像，一雙眼亮晶晶的，很有朝氣地問了聲早。

「明醫師！」

明琛點頭，簡短應道：「早。」

可能是被周弦昨天不正經的言語影響，明琛還真的特別看了下學妹的臉。

外科男多女少，少數的女性還大多是剽悍的女漢子。這學妹的確有被人讚一聲「正點」的本錢，大眼瓜子臉，化著淡妝，秀氣可愛，講話的聲音溫溫柔柔，頗有氣質。

明琛用一種類似評論家的心態想道：嗯，下回周弦再問起，他就不至於答不上來了。

小胖占了一臺電腦，埋頭開始打醫囑。住院醫師是照顧病人的最主要戰力，光記錄手上病人的狀況就能忙一早上，更別提時不時還要換藥、拔管、插管、接新病人等等。

小胖那邊忙得水深火熱，這口外學妹倒有閒情逸致，從置物櫃拿了一個紙袋出來，有點不好意思地遞給明琛。

「明醫師，這是我昨天烤的餅乾。感謝你在手術室的幫忙，辛苦了。」

這種事情其實沒什麼好謝，都是爲了救治病人，談不上誰欠誰人情。退一百萬步來說，眞要謝也是許良爲該謝，沒她什麼事。

但這時推拒也沒什麼意思，又不是什麼貴重的禮物，周邊人來人往的，只會讓小女孩下不了臺。

明琛笑了笑，伸手接下，「費心了，那沒什麼，以後不用這樣。」

「不、不費心不費心！」

學妹連連擺手，好像被他那一笑弄得更緊張了，小小聲地又說了一句：「明醫師你眞好。」

而後她便道別走了。

早上有個局部痲醉的小手術，切一顆良性瘤，病人因爲太害怕，臨時變卦不來了。明琛因此空出了一小時的空檔，就去看了一個別科的照會，病房在十三樓。

十三樓設置了一座露天的大陽臺，上有綠植造景，本意是想讓久住的病人偶爾能到這兒走走散心，落成後卻備受爭議，覺得露臺那矮牆實在太方便跳樓。最後爲了病人安全著想，通往露臺的感應門就關了起來，得憑著醫護人員的工作證才能打開。

看照會用不上十分鐘，這裡離整形外科的休息室又有點遠，明琛本想去露臺的椅子上坐著瞇一下，打發過這一小段空檔，哪知一推門出去，就聽到一陣哭聲。

「我真的很努力了，為什麼他們老是要那樣……」

一個穿著醫師袍的年輕學弟哭哭啼啼地正在講電話，他蹲在一棵小樹後面，以至於明琛方才沒有看見。

「媽，我真的撐不下去……」

明琛不是有意聽人隱私，但看學弟在十三樓的矮牆邊哭得那麼傷心，實在有點怕此人明天就上了新聞頭條。

尤其電話那頭的反饋似乎不怎麼好，明琛隔著好幾步距離，都能聽見那端劈頭蓋臉的怒罵。

他只是遲疑了幾秒，小學弟就先看見了他，有點慌張地結束了電話，抹抹眼淚站起來，脆生生地說：「明醫師好。」

倒是挺乖。

既然被看見，明琛索性不走了，逕自拉開椅子坐下，還對學弟招了招手。學弟乖乖坐到他旁邊的另一張椅子上，明琛拿出一盒餅乾，兩人沉默地吃起來。

一盒餅乾都空了，明琛才問：「在醫院待不適應嗎？」

明琛不認識這學弟，醫院分科眾多，來來去去的小醫生更是多不勝數，不可能全部都認得。但既然碰上了，他就關心關心。

學弟似乎特別內向，剛開始講話很小聲，還有點支支吾吾，虧得明琛耐性好，好脾氣地和他聊了一陣子後，他才慢慢放開了點，講起自己一路學醫到最近的經過。

原來學弟姓李，是大外科主任劉立洋下面的住院醫師。眾所皆知，劉主任脾氣奇差，架子大，好面子，喜歡排場。小李在他手下三天兩頭就挨罵，還時常被強制帶去參加各種會議或應酬，替他開車門或夾菜倒酒。

換作其他人，大概會覺得很累、壓力很大，牙一咬也就熬過了，然而小李是真的痛苦。他的個性是極致的內向，每天被逼著面對那麼多人，還有來自上頭的羞辱與斥責，無時不刻都是折磨。

明琛沉吟道：「當時怎麼選了醫科？」

「家人逼著我念的，我要是不願意就會挨打，被罵沒出息……」

很多環境好的家庭都這樣，高壓、高控制欲，非得逼著孩子念上最高分的第一志願，好像走別條路都是旁門左道、不務正業。

可這是別人的家務事，明琛幫不了什麼，勸慰也顯得蒼白，於是他擱下這些，轉而聊些可能讓這小朋友高興一點的話題。

「不當醫生的話，本來想做些什麼？」

小李有點靦腆地笑了笑：「我喜歡畫畫……想當畫家。」

他醫師袍的口袋插著一支胖胖的絨毛筆，露出筆尾一顆圓滾滾的兔子頭，與他軟糯的氣質倒是挺搭的，不顯得娘炮，就是有點可愛。

他一面說著一面拿出口袋裡的小筆記本，除了一些醫學筆記之外，很多空白頁都畫滿了素描，畫工還真的不錯。

有幾張是人物特寫，栩栩如生，也許是小李的同學或朋友。不知道是不是錯覺，明琛一瞥過去覺得有點眼熟，搞不好他和這人曾在醫院擦身而過。

他們一起翻看筆記本，又聊了一會，小李忍不住說：「明醫師，你人真好，和大家想的不一樣。」

明琛愣了下，總覺得今天好像領了很多張好人卡。他咀嚼著「好人」二字，心中有種怪異的不適，卻沒顯露出什麼，只是莞爾問道：「你認識我啊？」

他不覺得自己有多出名，而且兩人也不同科，他以為小李一開始喊得出明醫師，只是看了白袍上繡的名字。

結果小李點頭如搗蒜，嘰嘰喳喳道：「當然認識啊！我們住院醫師都覺得你很厲害，尤其很多女生都愛聊你，說你技術好，還說你帥又單身，每天都在犯花痴，不過都以為你高冷呢，追不上……」

這下倒是看不出他最初的靦腆害羞了，明琛笑了笑，和他聊起別的。

時間差不多時，明琛拍了拍小李的肩膀，起身要走，臨走前說了聲：「有事來找我。」

見明琛要走，小李的鬱悶又逐漸重回臉上，他悶悶地點頭，也不知聽沒聽進去。

第三章

明琛一直以來受過不少老師的提攜與偏愛，其中，林傳雄是將他看得最重的一位，幾乎把他當作親傳弟子在教。

只要不是技術太糟糕，這行業到了一定年紀後，多半都能被尊稱一聲「大醫師」。林傳雄現年已五十五，何況技術夠硬，刀開得極其漂亮，又發表過諸多論文，經年累月下來，已是國內鼎鼎有名的整形外科巨擘。

當年醫療糾紛事件一出，林傳雄也爲明琛抗議過，卻無法以一人之力改變結局。此事過後，他對醫院心寒，不顧院方強力的勸慰與挽留，在明琛出國不久後也離職了，現在在一間規模頗大的診所工作。

林傳雄是眞的欣賞明琛，不僅沒有斷了聯繫，還常找明琛吃飯，說要眞待不住了就去他那。最近他又揪了一場飯局，就在今晚。

林老知道明琛忙起來是昏天暗地，白天特地打電話過來提醒。

還眞別說，明琛確實忘了，歉然道：「我大概會晚點到，早上出門忘了開車來。」

他住的地方離醫院不遠，經常走路上班，這下得先走回家取車才能前往餐廳。

林老回頭不知道跟誰說了什麼，復又轉回來神神祕祕地說：「沒事，我這有人可以接你，順路。」

傍晚下班，明琛在醫院外的小路邊等著，不多時便來一台黑色的奧迪穩穩停在他面前。他看車牌號沒錯，伸手拉開副駕的門，彎下腰就對上了紀項秋的臉。

明琛手抖了一下，差點又把車門甩上。他凝滯了幾秒，撐起一個有點虛幻的笑：「不好意思，我認錯車嗎？」

紀項秋被他的反應逗笑：「沒有，上來吧。」

距離那一晚貪歡，已經過去了一週。

他們初遇時交換過名片，但在那夜後誰都沒有聯繫誰。一夜情嘛，不是什麼需要保持聯繫的關係，明琛都快把這件事拋諸腦後，哪知現世報這就來了。

車子緩緩開上路，最初氣氛還有點詭譎，好像處於某種寧靜的對峙中，又像是單純的尷尬。當然，也可能是明琛單方面的尷尬，紀大律師似乎仍然從容。

明琛破罐子破摔，乾巴巴道：「原來你和林老認識。」

「也就這一兩年的事情，我是他們診所的法律顧問。」紀項秋頷首，補充道：「我也是今天才知道，林醫師常提起的徒弟就是你。」

明琛一愣，忽然閉了嘴，沒再接話，車內一下子又再次陷入沉默。

夕陽沉入地平線，天色由橙轉暗，天暗以後偶爾投射過來的街燈，在男人開車的側臉落下一塊陰影，顯得五官更加深邃，連喉結都特別明顯。

他的襯衫挽至手肘，露出線條精實的小臂，右手握著方向盤，左手隨意地搭在車窗上，專注開車的模樣看起來沉著而性感。

明琛看了幾眼，腦中好像有什麼想法一閃而逝，卻沒抓著。

二十分鐘後，奧迪在一間火鍋店外停下。服務生領著他們進了一間包廂，裡頭人都來齊了，就空了兩個位子。

明琛走進去，一個個點頭打招呼，接著看向林傳雄，喚了聲：「林老師。」

林老笑罵：「臭小子，跟你說過別那樣叫！」

一整桌湊了十人，除了紀項秋之外全是醫師，有的是林傳雄診所的同事，有的是不同院所的老朋友。

林老嗜辣，約的是麻辣火鍋，配著冰啤。大夥兒熟門熟路地下食材，時不時互相介紹幾句，喊著乾一杯、乾一杯，場面很快熱絡。

「小明，這位是紀項秋律師，人特別可靠。我之前去聽了他的講座，受益匪淺，有機會你也該去聽聽看。」林老轉頭又對紀項秋說：「項秋啊，這就是我之前提過的，我徒弟，他挺好。你們同輩人聊得來，可以認識一下。」

明琛點頭，面上道貌岸然，心裡想的是：你徒弟已經跟這位紀大律師裡裡外外都深入認識過了——特別深入。

不知兩人是不是想到同一回事了，對上眼時，明琛在紀項秋眼中看見了些許促狹。

不過紀項秋嘴上倒是風度翩翩地說：「剛路上認識過了，是挺好。」法律這方面是很多醫師的知識盲區，醫療糾紛卻又發生得頻繁，因此紀項秋一落座便迎來各種問題與好奇。

他也沒有不耐煩，態度十分客氣地一一答了，講得不疾不徐、深入淺出，臉上帶著令人如沐春風的淺笑，枯燥的條文律法都被他講得活了，確實很有講師派頭。

林老先看不下去，吼一聲：「好了！還要吃飯呢，別再談工作！」

紀律師這才被放過，大家慢慢聊起了別的。

明琛沒吃幾口，在沒人注意的時候悄悄從包裡摸出藥錠，一時沒找到白開水，咬碎就吞了。話題再次轉到他這兒的時候，又一副沒事人的樣子舉起酒杯，跟著眾人喝乾。

食物逐漸被掃蕩乾淨，大家繼續喝酒暢談。林傳雄每回喝高，話就變得特別多，情緒還挺激動，在那邊小明小明地叫。

「你別怕陳言德那龜孫子！那傢伙白活你那麼多年，刀都沒你開得好！他要再搞那些陰的，你來找我！這回絕對不讓你委屈！來！喝！」

明琛端起酒杯，笑著灌了一口，然後被嚇一跳，差點嗆著。喝前沒細看，他杯裡的飲料不知道什麼時候被換成了柳橙汁。

他只訝異了兩秒，便看向右手邊的紀項秋，後者手邊放著一罐開過的果汁，也不知何時拿來的。

紀項秋迎上明琛的目光，倒是面不改色，反而用眼神指了指他放在一旁的包，揚起一邊眉毛，大概看見他剛剛拿胃藥出來吃了。

明琛自覺不年輕了，更不是個小姑娘，這會不知被戳到什麼點，感覺心臟忽然跳錯一拍。他轉開視線。

林老沒注意到徒弟與律師的眉來眼去，還在那兒罵罵咧咧：「一代不如一代，個個只會搞派系、爭權力，沒人有眞本事！留在那裡也沒什麼前途，常明遲早被那群老東西玩爛，還不如來我這！位置都給你留好了！」

明琛失笑道：「老師，我還欠醫院錢呢，不能走。」

「那點錢算什麼！」林老霸氣地大手一揮，「你要願意來，我直接幫你墊上！世風日下，人心不古喲，那裡待不得、待不得……」

每回與林傳雄吃飯，到最後都差不多是這樣的話題。明琛只是笑，沒接這話茬。

飯局結束時，時間也不早了，林老喝得多，這回沒叫車，難得打了電話請老伴來接。不久就見一個婦人開車過來，把林老扶上車後，又回來和明琛寒暄。

明琛禮貌地叫人：「師母。」

師母姓沈名安，是位和藹心善、溫雅柔和的婦人。林傳雄沒少和沈安提起愛徒的事，因此她知道這個優秀的孩子家境困難，還有個重病的妹妹，覺得他不容易，故而特別疼惜。

以前在醫院時，她時常做雙份的便當給林傳雄帶去，中午分給明琛一份。後來更熟了，更是常找明琛到家裡作客，讓他來蹭飯吃。

明琛對這對夫妻始終是感謝的——或者說，連感謝二字都顯得太過輕巧。

沈安眼神慈祥，仔細地看了看他，問道：「小明，最近過得都好嗎？」

明琛與沈安有陣子沒見了，他笑著回答：「都好，謝謝師母。」

沈安似乎滿意了，眼中有感慨，也有欣慰，點點頭說：「老林這些年最放不下你，現在看你這麼好，心裡爲你驕傲得很。你看他喝成那樣，都是高興的。」

紀項秋沒喝酒，先去開車了，說能送他。其餘人也已各自散去，店門口就剩下他和師母兩個。

明琛微笑應對、談吐自如，儼然一副文質彬彬的模樣，可沈安卻看出了這份客氣中的疏離，笑嘆了口氣：「阿姨知道你在想什麼。」

明琛一頓，沈安又說：「你不用覺得抱歉，老林在診所過得很好，反倒覺得對不起你，當初嚷嚷著認你做徒弟，卻沒能保住你。」

一種酸澀在胸口擴散，向上蔓延到喉嚨，明琛啞著聲音道：「師母，我……」

他話說一半，忽然找不到合適的言語。沈安平和地搖了搖頭，像是讓他不用說，像在告訴他不用擔心，她都懂。

「他常說，你是個好孩子，往後能走得比他還遠，是他對不住你。」

明琛嘴唇抿起，有些狼狽地垂頭錯開目光，但沈安不介意，她看著面前的大男孩，輕輕拍了拍他的肩膀，笑著說：「這些壞的事情都過去了，以後會好的。我們都把這些放下，阿姨等你再來吃飯，嗯？」

奧迪開了過來，安靜地停在一旁，未有任何催促。

明琛彷彿整個人被體貼包圍，然而這樣的體貼讓他覺得赤裸，覺得灼人，覺得無所適從。他撐著笑容向師母道謝又道別後，逃亡似的鑽進了車裡。

紀項秋瞥了他一眼，沒說什麼，只是傾過身來替他拉上安全帶，接著安靜地把車開上了路。

明琛看著窗外飛快後退的街景，目光有點茫然，呆坐了好一會兒，忽然問：「你之前說，林老經常提起我……他都說了什麼？」

紀項秋立刻就明白了來時那一段沉默是怎麼回事——這人當時就想問了，卻出於某種原因，不敢問。

他覺得明琛多心了，或者說，對自己不夠自信，太悲觀了。

「林醫師一沾酒就多話，我聽到的全是稱讚。」紀項秋停頓了一下，似在回憶，「說後生這輩只有你能接他衣缽，還常跟合夥人說，診所要留你一個位置，講沒兩句又變卦，說算了，你來診所太大材小用。」

明琛閉上眼睛，笑了一聲，不知心中是何滋味，過了片刻，又覺得該給點解釋，便說：「以前還是師徒那時候，我惹了點麻煩，總覺得對不起老師……也對不起師母。」

紀項秋依然紳士，只是靜靜地聽。

明琛通常不太願意和人提起這些往事。他無依無靠，強撐慣了，人變得獨、變得冷，可能是今天又被人當成孩子疼，心底那一點脆弱被勾起，這會就想找個人說說。

於是，他簡短解釋了下那起醫療糾紛的始末。

「那時候一堆爛事連著來，我都忍了。」明琛自嘲地笑了笑，語速很慢，「可能是憋壞了，唯一一次沒忍住，就是在老師面前。」

林傳雄是個犟脾氣，且要求高，明琛再怎麼優秀偶爾也會挨訓。醫糾案塵埃落定後，他們有幾週仍照舊看診、查房、開刀。

林傳雄對這結果不服，可又無能爲力，看著明琛壓抑的模樣更是於心不忍，難受得久了脾氣就越發火爆起來。

明琛當時情緒很差，手邊的工作依然盡心盡力，完成得挺好，只不過一次出了點小瑕疵，林老整個人就爆發了，像是怒其不爭，劈頭蓋臉把他罵了一頓：「你再怎樣都是醫生，爲了這點破事心不在焉、一蹶不振，你還怎麼救人！」

那可能是壓倒明琛的最後一根稻草，他隱忍太久，一直繃緊的弦就在那瞬間斷了。

他當場眼淚就掉下來了，帶著自己從未想過的怨懟與狠戾，聲嘶力竭、一字一句地吼：「我連自己都救不了，還能救誰！」

「我那時發瘋了，摔東西，哭著衝他吼。我問他，如果他眞有那麼厲害，爲什麼不能救救我？」明琛閉了閉眼，「老師那時候的表情，我永遠都忘不了。」

幾年過去，當下的情境都模糊了，唯有林老的神情依舊清晰。

他略帶細紋的臉上露出錯愕、震驚、悲傷，像是不可置信自己身邊這孩子竟會說出這樣的話。

其實別說他不可置信，明琛在此之前也想不到自己能這般刻薄。他素來溫柔和善，唯獨一次尖銳，卻是刺向他尊敬多年、待他不薄的恩師。

當時他其實很害怕——害怕從這人的臉上看見失望。

那是他出國前最後一次和林老對話，出國後不久，他就聽說林老離職了，從那個頗高的位置上急流勇退，離開了他奮鬥將近三十年的常明，離開了醫療的最前線。

一個權威就這樣淡出人們的視野。

「老師開了大半輩子的刀，救了數不盡的人，他活得明白，心裡始終有正義和大愛。」思及師母方才的話語，明琛露出苦笑：「我永遠都比不上他。」

車內氣氛變得有些壓抑。

紀項秋出於職業因素，看多了各種骯髒事物，但當這種不公不義發生在這排行第一的菁英醫院時，仍引人唏噓。

世人以爲絕對中立、仁愛，旨在救人的醫院，其實從來都沒有那麼乾淨。

明琛描述得平淡，紀項秋卻可以透過這寥寥數語，想見了當時那個被押著低頭的少年，心口像被扯了一把，微微地疼。

活到一定歲數後，那種空泛沒用的安慰就不太說了，他目視著前方開車，沉默了一會才問：「之後有什麼打算，還完錢就離開常明嗎？」

明琛笑了笑，「或許吧，還沒想好。我妹妹病著，不好離開。」

「你其他家人……」

「沒有。」明琛淡淡道：「沒有其他家人。」

他們斷斷續續地聊，明琛興致不高，回話都有點簡短。二十分鐘後，車子駛到了明琛住的公寓樓下。

明琛下車轉身，略遲疑地問：「上來喝杯茶？」

這也就是客套話，畢竟人家專程給你當司機，總不好走得太瀟灑。都十點多了，喝個屁茶。

紀項秋本要開車走了，聽到這場面話，還眞就熄了火下車，煞有介事地點點頭，說：「好。」

明琛一愣，看到紀項秋眼中的揶揄，才知道對方逗著他呢。

但話是他說出口的，總不能眞的回頭承認那只是客套。明琛自己都覺得有點好笑，只得領著人上樓去了。

三房一廳的公寓格局不大，環境頗爲乾淨整潔，看不出是一個單身男子的住所。

倒不是明琛有多勤於整理，單純是他東西實在太少了，整個家都顯得有點冷清，沒有人味。

紀項秋在沙發上坐著，目光巡視一圈後便禮貌地不再多看。

明琛則在廚房翻找，還開了冰箱，這才發現自己哪裡有茶，他從來只喝水或咖啡。

紀項秋饒有興致地看著他忙，等到他一臉尷尬地端著一杯白開水過來時，終於忍不住低低地笑了。

這一笑讓明琛終於放棄了裝模作樣的客氣，跟著笑起來：「紀律師下次得有點眼力見，分清楚哪些只是客套話，當不得真。」

他沒什麼特別的意思，話說出口才覺得「下次」這個詞頗耐人尋味，紀項秋沒揪著這點說什麼，只是笑笑。

明琛家裡不常來客人，他本身也忙，待在醫院的時間都比待在家長，整個家裡能吃進肚子的東西只有速食麵和胃藥，根本沒什麼能夠招待的。他好不容易才翻出一盒手工餅乾——前天口外學妹又送的。

學妹第二回送餅乾倒是聰明，知道明琛可能不會收，一口氣做了好多盒，連著護理長、小胖、還有實習生都送了，一副「我不是只有送你喔」的樣子。明琛還真沒理由推拒，只得再次收下了，帶回來後隨手放在櫃子上，一直沒動過。

紀項秋看出明琛努力想要待客，捧場地接過了餅乾盒，打開就見一張卡片擺在裡面，粉色的，上面寫著幾行字，字跡清秀，還畫了愛心。

他不是故意要看，實在是寥寥幾字，一眼就看得差不多了。

他沒動那卡片，只是說了句：「明醫師挺受歡迎啊。」

明琛感覺有些胃疼，正給自己倒著熱水，聞言一愣，望過來才知道餅乾盒裡還暗藏玄機。

他拿過卡片，瞄一眼就放到一旁，有點無奈地笑笑：「小女孩，不懂事。」

卡片內容倒也不算是告白，雖然看得出學妹的確有點那意思，但目前還委婉著，寫的大約是一些崇拜之情，希望可以有更了解他的機會。

明琛把之前手術發生的事情挑著講了。

紀項秋確實是一個很好的聊天對象，傾聽的模樣看起來特別專注，且又見多識廣，什麼話題都能應答上來。身爲聆聽者，他話不多，卻不讓人覺得冷場。

紀項秋聽罷說道：「那怎麼就不懂事了，她眼光不是挺好的嗎？」

明琛嘴上笑容淡了一分，像是想揭過這個話題，半敷衍地說：「哪有什麼好的。」

他眼中流露出某種情緒，很細微，紀項秋仍注意到了。

相處到現在，紀項秋知道明琛心裡是有事的——那點陰暗藏得很深，只在非常偶爾的時候流露出一點刻薄與自厭，刺著別人，也刺著自己。

比如初遇當時，那句挑釁一般的「反正你不就是想泡我」。

方才紀項秋只聽了一些片段回憶，曉得那不是全部的故事，故而無法完全明白，這個看起來分明無可挑剔的青年，爲什麼總是這樣否定自己。

可這不影響他對明琛的看法。

「明醫師，我聽過你很多事。」他換了個語氣，聽起來有點認眞，「我不知道你和林老比起來如何，但你已經很好了。」

紀項秋剛才沒提的是，林老還說過，他徒弟心腸太軟，幹這行辛苦，又說他徒弟被老天嫉妒，什麼都好，就是命不好。

現在對照著眞人，那些敘述就立體而精確了起來。明琛確實心軟，明曉得那些傷人的話語對方不見得記著多少，自己反而耿耿於懷。

明琛一愣，沒想到紀項秋會特地把這拎出來講，有點不自在地說：「你覺得我好是因爲不了解，熟了就會發現，我有時也自私，又冷血。」

「你厭棄自己的自私，反感自己的冷血，」紀項秋又露出那種讓人如沐春風的笑，「這就已經足夠證明了你的心善。」

明琛一時愣怔，半晌才失笑：「你是律師，我說不過你。」

紀項秋不同意這個結論，挑眉道：「這是事實，不需要強辯。」

「行吧、行吧，你說了算。」

爭辯這個沒什麼意義，還挺讓人不好意思，明琛姑且收了這張好人卡，雖也沒認同對方，不過這樣攪和一通，心情倒是舒緩了些。

時候不早了，紀項秋最初就是逗逗明琛，沒眞打算久待，吃了塊餅乾喝了杯水，坐不到十分鐘就起身了。

明琛送他到玄關，看著男人的背影，與空落落的手腕，下午一閃而逝的念頭，這會忽然抓住了。

他下意識地問：「今天沒戴錶啊。」

紀項秋聞言轉過身來，雙眼與他對上，又是那種很深的眼神，明琛彷彿被他的眼神定在原地。

他停頓了好一會，像是在思考要不要開口，最後微微一笑，說了：「因爲你不喜歡。」

明琛怔住了。

他曾投去一記直球，現在對方反投了一記回來，殺得他措手不及，心口好像忽然被狠狠燙了一下，他瞪大眼睛，幾乎有點不知所措：「我……」

原本還挺健康的氣氛倏地就變了點味道。

紀項秋上前一步，目光往下落到明琛的唇上，可能因爲剛才吃了辣，他的雙唇到現在還紅豔豔的，泛著濕潤的光澤，看起來特別引人採擷。

紀項秋眸色陡然加深。

他伸手捏住明琛的下顎，拇指按上了飽滿的下唇，帶點力道地磨蹭著那一處柔軟。

兩人之間的無形的張力，好像在此刻緊張到了極限，彼此都刻意不提的那一夜旖旎重現眼前。

紀項秋身體微傾，靠了過來。

明琛肌肉微微繃緊，感受到男人的吐息近在眉睫。那一剎那，他以爲對方的吻要落下來——最後卻沒有。

他們雙唇近乎相貼，紀項秋停了一會，再次拉開距離。

那隻大手放開了他的下顎，向旁摸了摸他的耳朵，又往上揉了他的頭一把，而後紀項秋笑了一聲，道別走了。

明琛還呆站在門口，反射弧很長似的，幾秒過後竟慢慢地臉紅了。

他暗罵一聲，心想：老男人太會撩騷。

第四章

這似乎注定不是個平靜的月分。

暴雨隔三差五地下，幾乎每下必有嚴重外傷的病人入急診，十個有九個是交通事故，剩下那一個更慘，工傷，右手五根手指全斷。

常明醫院值班一線是實習生，二線是住院醫師，三線是主治醫師。有事先叫一線，兜不住再一層層往上找。運氣好的話，主治醫師值班一天手機都不見得會響。

明琛這就運氣不太好了。

他平日已經忙得要命，偏巧又逢週末值班，白天倒沒啥事，接了幾通問問題的，晚上洗完澡，斷指的病人就來了。

明琛抵達手術室時，麻醉正好完成，四十歲的莊先生躺在手術台上，蓋著綠布，只露出頭和一隻右手。

「明醫師。」

二線學弟走過來問了聲好，聲音聽起來有點耳熟，臉盲如明琛回頭看了兩眼也沒認出來，但注意到了學弟手上拿的一支絨毛兔筆，這才「啊」一聲，想起來了，「今天你值班啊。」

小李靦腆地笑笑：「對啊，白天我還有打給您問事情呢。」

明琛點頭，乾脆地說：「沒聽出來。」然後他看了一下病人的入院摘要與X光，又道：「今晚有得忙了。」

的確是有得忙，他們從十點左右劃刀，凌晨兩點才接完五根手指中的三根，剩下兩根還是最嚴重的。其他三根多少有點皮肉黏著，食指和中指卻是眞的全斷，被包在冰袋裡送過來的。

醫用的顯微鏡有一個物鏡、兩對目鏡，他和小李分別占據一端，相對而坐。

時間已晚，顯微鏡的強光打在眼中久了，令兩人眼睛酸澀，面上都有些疲態。刀開得長，護理師們也累，不太講話，整間手術室都安安靜靜的。

明琛拿著持針器，帶著針線縫著指靜脈。那縫針尺寸猶如睫毛，縫線細微如髮絲，不在顯微鏡下都看不著。

高倍率下任何一點動作偏差都會被放大得特別明顯，但明琛手太穩了，斷面對合得漂亮，穿針俐落穩定，小李看得十分欽佩。

然而再怎麼欽佩也架不住疲勞，主刀的人要掌局，雖然累不過不太可能睡著，旁觀的人就不一定了。小李拿著線剪，眼皮直打架，幾次都猛點了幾下頭又驚醒。

明琛注意到了，便開口閒聊起來：「最近都還好？」

小李瞬間清醒，聽清楚問句後遲疑了一下才答：「也、也就那樣吧，我還在盡力適應。」隨後他不好意思地笑了笑，「明醫師，我前幾天畫你了。」

「是嗎？有空拿來看看。」明琛有點意外，跟著笑道，然後想起了什麼，又問：「上次看你筆記本上有個人畫了很多次，是你好朋友？」

「對，是……」小李面上的笑意深了一些，「是很好的朋友。」

兩個人目光都黏在顯微鏡的視野裡沒移開，嘴上東南西北聊著，好不容易才熬過整場手術。下刀時已經凌晨五點了，再兩小時又要開晨會，根本不用睡，一大一小兩個醫師腳下輕飄飄地走了。

✦

每天早上七點是晨會時間，開到八點上診。有時是全院會議，有時是科內會議，內容不是行政科務就是學術研討。

今天是整型外科的科內會議，看陳言德站到了臺上，大夥兒就神色懨懨，知道一定是講科務了，畢竟這傢伙從來都是不學無術。

「我看你們都很準時啊。」

陳言德笑咪咪的，第一句先來了個稱讚，但大家都知道這話鐵定沒完，肯定是開嘲諷的起手式呢。

果然，他的笑容轉變爲皮笑肉不笑：「怎麼這個月的業績就這麼難看？」

因爲是講科務，階級低的醫師就不用參與。會議室中除了陳言德之外，座上只有七位主治醫師與兩位總醫師。

業績和總醫師不相關，在邊上鵪鶉似的縮頭坐著，其餘七人沉默以對。

陳言德在臺上指著投影片咆哮：「各位到底積不積極？是不是上班態度有點問題？自費項目到底有沒有在推？上個月的業績整整低了兩百萬！兩百萬！我們向來業績都是第一！這回給神外超過去了！」

明琛坐著雙目放空，覺得沒自己什麼事。他的主戰場在頭頸癌重建，眾所皆知，這本來就不是個賺錢的領域，吃力不討好，投資報酬率低，不太會問他要業績。

王苑如坐在他對面。這位女強人走的是燒燙傷中心，和頭頸癌並稱兩大吃力不討好，所以大概也沒她什麼事。

果然，陳言德炮火轉向負責美容中心的一位顏醫師，語氣很酸：「我們到底留你做什麼？住院醫師是人力，主治醫師就該是人才！你算是人才嗎？對醫院到底能有什麼貢獻？」

這樣當眾下人面子挺讓人火大，說的內容也很令人心寒，可對方是科主任，位高一階，也只能忍著。顏醫師有些汗顏，無言以對。

其實顏醫師也沒犯什麼大問題，業績本就有起有落，不是每個月都有那麼多人來做醫美。陳言德亂罵一通，看著身材寬扁、牙齒不整、有點年紀的顏醫師，又看了看旁邊儀表堂堂、年輕帥氣的明琛，忽然靈光乍現，下了個決定。

「下個月開始，美容中心給明醫師負責。」

明琛太累了，頭一陣陣抽著疼，陳言德的嗡嗡聲幾乎左耳進右耳出。他其實有聽見，但腦子沒有吸收，王苑如輕扣了下桌面才讓他忽然回神。

他一怔，不樂意了：「我手上刀很滿，挪不出時間。」

如果想追求高生活品質與高報酬，美容中心就是大家心目中的首選，手術風險低、需時短、自費比例高。

然而也不是每個人都對此趨之若鶩，像明琛就沒有興趣。一旦接手，必須加開美容中心門診、加開整形手術，他手上那麼多重症病人還怎麼顧？

陳言德才不理他，覺得自己挺聰明，拍著桌子吼：「時間擠擠就有了，擠不出來就把你其他刀往後調，這麼簡單你不會？做美容需要招牌，這樣才能吸引顧客，你在那開腫瘤賺得了多少錢？欠醫院的錢打算花多少年還完？不要不識相！就這樣定了，下個月去把業績做起來，什麼貴就推什麼！」

不知道是不是對方音量太大太吵，明琛張嘴欲言，頭卻忽然一陣刀割般的劇痛，瞬間白了臉色。

就這幾秒時間，陳言德把話收了尾，自顧自走了。

其他人也窸窸窣窣地站起來，準備門診或查房。明琛在椅上閉眼坐著，等那陣頭痛緩過來。

「你的臉色很差。」

一個女聲響起，明琛睜眼，就見王苑如在他斜前方抱手站著。

王苑如這幾年其實沒有太大改變，她依然美豔，也依然是個冷硬強勢的女子。像她現在望著明琛的眼神，明明應該是關心吧，看著卻有點凶。

他們平時一向只有最低限度的交流，這會王苑如忽然主動破冰，就讓明琛有點意外。

「開急刀，整晚沒睡。」明琛按著太陽穴，笑了笑，「老了，禁不起折騰。」

他說得輕描淡寫，摸出一顆止痛藥配水吃了。

王苑如卻皺了皺眉，問道：「我看你頭痛很頻繁，有沒有檢查過？」

明琛點點頭，「查過，沒事，沒有東西。」

王苑如似乎還是不滿意，嘴角向下撇，看起來很不高興，半晌又說：「心理醫師呢？看過嗎？」

明琛頓住了，與王苑如對上了眼，氣氛一時有些凝滯。

最後，明琛淡淡一笑，答道：「有需要的話，我會去的。謝謝王醫師關心。」

「王醫師」三字一下劃出了界線，把明琛的態度表得很明。

大概也自知不太合適，王苑如沒再關心得太過，轉而問：「你就這樣？去美容中心？」

兩人恰好都要去查房，就並肩一起走了。

明琛扯了下嘴角，「不然呢？我還能拒絕？」

錯過了最初能抗議的時間點，明琛也不想爭了，忽然覺得自己何必呢？圖什麼呢？他也就餬口飯吃，裝什麼崇高偉大？

王苑如安靜下來，不知想到什麼，長長地嘆了口氣。

口外的小學妹又出現了。這妹子現在每天致力於營造各種「不期而遇」，病房是她的第一個蹲點。

今天小學妹沒帶餅乾了，拿著一張紙片，看著像是什麼票劵。她瞧見明琛就眼睛一亮地走來，走幾步又發現一旁高眺美豔的王苑如。

小學妹頗藏不住心事，眼中的興高采烈瞬間轉爲警戒。王苑如饒有興致地與學妹對望。

這是什麼修羅場？明明吃了止痛藥，明琛覺得頭又隱約痛了起來。

對望了一會，學妹可能覺得自己氣勢上略輸，採取了戰術性迴避，手上的票往明琛眼前一遞，笑容甜甜的。

「明醫師，下週日醫師公會有開課程和晚宴，我拿到兩張票，送你一張！」

明琛如果眞要搶票也不會搶不到，只是懶得參與而已。誰假日還想聽課？補覺都不夠用了。

看出明琛眼中的推拒之意，學妹有點著急地說：「這次課程很難得，請了紀項秋律師講課，紀律師你知道嗎？一票難求的！」

明琛是最近才曉得，紀項秋其實算是個名人。他在律師界本就名頭響亮，又上過談話性節目，口才好、外型出眾，便被人們記住了，加上他確實有內涵有本事，很多人爭著要聽他的講座。

明琛聞言一愣，還眞猶豫了。

王苑如似乎還在背後默默注視著他們。明琛位於兩人之間，不知怎地覺得這個情況有點荒唐。

學妹又一次把票遞過來。他不想管了，伸手接下，一邊說：「票我跟妳買，錢再給妳。」

「不用啦！」學妹笑著跑遠，目的達到後看起來很高興，「明醫師要待到晚宴喔！」

明琛回頭看了下，發現王苑如已經轉身離開了。

巡房時，一間病房的門口頗熱鬧，圍了兩、三個醫護，裡面似乎有人在哭。

明琛叫住了門口一個護理師，問：「怎麼了？」

「就那位斷了手指的莊先生，他太太崩潰了。」護理師面露不忍，「他們家是低收入戶，全家都靠莊先生撐著。家裡還有臥床的婆婆和三個小孩要照顧，小孩都不到六歲呢，這下莊先生又沒法工作，恐怕是過不下去了……」

明琛皺起眉頭，讓聚集的人都散了，自己走進病房。

莊先生躺在最裡側的床位。他已經醒了，但因爲術後炎症與強效止痛針的關係，人還昏沉著，不太說話。

旁邊的陪護床上坐著一名年輕婦人，身上穿的衣服看起來很舊，好幾處都洗得起了毛邊，有點發黃。

她哭得滿臉是淚，看見醫師就像見了救命繩索，猛地上前捉住明琛的手臂。

「醫師，他的手會好的對不對？你都接回去了，對不對？」

婦人手上都是鼻涕眼淚，糊了他一袖子，他也沒抽開，而是讓她坐下，安撫到對方冷靜下來，才開始談正事。

「莊先生是工傷對吧？是做什麼的？」明琛的聲音平穩，聽著就讓人心中稍定。

莊太太抽咽著說：「工廠做、做木工的。」

「斷指的預後不好說，還要再觀察血液循環，如果末梢開始壞死，接回去的手指也有可能需要重新截掉。」見莊太太臉色慘白，明琛安慰道：「那是最壞的狀況，不見得會發生。工廠的刀應該很銳利，斷口的截面很整齊乾淨，相對之下，莊先生的預後是不錯的。」

到這裡話鋒一轉，他又委婉地說：「只是斷過的手指不可能像最初那樣靈活，還得復健，如果是很精細的技術活……可能比較困難。」

意思是莊先生很難重回本行了。

莊太太又哭了，「我們都知道老闆黑心，機器故障了也不找人修，很多二、三十年的老機器還在用……但是沒辦法，找不到別的工作啊。這下該怎麼辦？連吃飯錢都沒有了，孩子要怎麼上學……」

「是機械出問題？」明琛問道：「工廠應該會有理賠，有談過嗎？」

莊太太搖頭，還在哭，說他們夫妻都不識字，那些合約啊法規啊什麼都不懂，一出事老闆就撇清關係，說是人爲疏失，只塞給他們兩、三萬塊的慰問金。

明琛其實對那些也不很了解，便建議：「申請法律援助呢？要不然，你們找個律師？」

莊太太臉上浮現困惑，顯然對這些詞都聽不太懂，怪不得被老闆糊弄。她茫然地問：「要去哪裡找呀？」

明琛想了一下，從皮夾摸出一張名片交給了莊太太。那是紀項秋的名片，上面有律師事務所的電話。

「不然，妳打這支號碼去問問。先電話諮詢一下，看他們怎麼建議。」

莊太太連聲道謝，收下名片後轉身就去撥電話了。

✦

一整夜沒睡的後勁很大，下班回家時又淋了點雨，明琛隔天起床時覺得嗓子發疼，全身痠軟，似乎有點低燒。

眞是諸事不順。

他匆匆呑了顆普拿疼，就趕著去上班了。坐了一早上的門診後，嗓子燒得更厲害，一講話就如刀割似的，頭也脹著疼。

他整個人頭重腳輕的，有點煩躁，也有點恍神，以至於下午例行查房時，一下子沒認出站在護理站一個高眺男人的背影。

「明醫師好。」

「明醫師好……」

護理師們向他打招呼，那男人跟著回過身，衝他點了頭。

竟然是紀項秋。

「紀律師？」明琛一愣，「怎麼在這裡？探病？」

紀項秋本來笑笑地要說話，聽見他聲音就皺了眉頭，問道：「感冒了？」

男人用著磁性低沉的嗓音說著關懷的話語，讓明琛內心一陣莫名的舒爽。

他笑了下，回答：「不礙事。」

紀項秋端詳著明琛的臉色，對「不礙事」三字抱持懷疑，但對方畢竟是醫生呢，不好直接將懷疑說出口，遂點點頭，講起別的：「以前一個交情不錯的當事人住院了，我過來探病，順便看看你的病人。」

明琛有些茫然，一時不知道他說的是誰。

紀項秋補充道：「那個莊先生，他太太昨天打電話過來了。」

這下就有點尷尬了。

明琛只是讓人打電話去諮詢，心想接電話的一定是助理或者祕書，也許可以教他們怎麼找法扶，哪知把人家鎮店的大佛請來了。

紀項秋似乎覺得他尷尬的表情很有意思，又說：「昨天是祕書接到電話的，聽她說是明醫師介紹來的，直接就轉給我了。」

「介紹」這詞很微妙，說者也許是無心，但聽起來就像要特別關照似的。按紀大律師的等級，這種小案子哪可能親自接手，莊先生一家根本請不起。

明琛臉有點燒起來，支支吾吾：「我沒有那意思，你不用……」

紀項秋看了一會，可能覺得逗弄夠了，大手揉了揉他的頭，笑了。

「沒事，別想太多，我眞的是剛好來探病。這案子可以接，給律所的小朋友練練手。」

明琛腦袋木木的，一時也沒覺得揉頭這動作似乎太親暱了、有沒有哪裡不合適。倒是他倆都帥氣高䠷，同框畫面太唯美，一旁的護理師們已經偷瞄許久，這時內心一陣土撥鼠叫，當場成立邪教。

啊啊啊啊摸頭殺！摸頭殺！

紀律師太有男友力了吧！

明醫師臉紅啦！這是那個高冷的明醫師嗎？是同一個嗎！

啊啊啊這兩位好搭啊！

紀項秋揉上明琛的頭時，感覺到一股熱氣，立刻正色道：「我覺得你有點發燒。」

「誒，感覺是有點。」明琛露出一個帶著倦意的笑，「沒關係，查完房我就休息了。」

他說著就往身後的病房去了。

紀項秋看他腳下飄忽地走遠，忍不住蹙眉。

律所的「小朋友」是上次在酒吧撲紀項秋背上那位，姓吳。他私下場合大大咧咧的，工作時倒是很可靠，正兒八經地在病房內了解莊先生一家的狀況。

這樁案件不難，紀項秋打算給底下人練手，不欲多加干預，便沒打算過去，就在護理站倚著櫃檯繼續站著等。

方才跟他聊過天的幾個護理師又慢慢靠過來。他太出名了，很多人都認得，就算不認得，那張俊臉也夠吸引人。

其中一個短髮的護理師說：「原來你和明醫師那麼熟啊。」

不知想到什麼，紀項秋笑了一聲，才答道：「還行，剛認識不久。」

「你們兩位看起來好搭啊！」她說完又覺得這話不太恰當，連忙補充：「我沒什麼別的意思，就是說你們都顏值很高，站在一起畫面特別好看。」

有另一人感慨：「剛認識不久就那麼要好啊。」

紀項秋本來都是被問問題的那個，聞言倒是疑惑，反問：「這樣就很要好？」

「哎，那是明醫師啊，向來和誰都淡淡的。剛才和你講話，他看著就比較有人味。」

那位護理師頓了下，又說：「大概也是因爲他很想離開吧，醫院那麼對不起他，他妹妹又……」

旁邊的同事拍了她一下，她才驚覺自己多嘴了，連忙收聲。

幾個護理師安靜半晌，嘆道：「明醫師多好的人哪，怎麼就沒有好報呢？」

明琛繞完一圈回來，發現紀項秋還在原處。四、五個護理師都在和他說話，明琛沉思了一下，不知該用眾星拱月，還是餓虎撲羊來形容這一幕比較恰當。

他站那兒沉思的樣子看起來有點傻，紀項秋瞧見了，好笑地問：「結束了？」

明琛點頭又搖頭。整形外科的病房集中在A棟九樓，但床位需求量太大了，周轉不靈時各科床位還是會借來借去，明琛手上就有兩個病人流落在外，必須等看完那兩位才算結束。

他打過招呼後便想走，紀項秋跟了上來。

明琛一愣，問道：「你把你徒弟丟那兒啊？」

「人總是要學會獨立。」紀項秋聳聳肩，「難得來一趟，明醫師不帶我逛逛？」

說得跟逛展覽似的，醫院哪有什麼值得逛。但明琛倒也沒推拒，帶著人走去B棟看了一個病人，沿路還真介紹了餐飲區和咖啡店，與牆邊一些雕塑品和幾副題詞，之後兩人又走往C棟。

「你們剛剛挺熱鬧啊，都聊了什麼？」

明琛指的是方才9A那些護理師。他只是隨口問問，未料紀項秋笑了笑，坦白道：「聊你。」

明琛呆了一下，「我？我怎麼了？」

方才短短十幾分鐘，紀項秋聽了不少關於明琛的故事。

他們都說明琛隨和、脾氣好，沒有一些大醫師常有的臭毛病，說他病人特多，比誰都忙，卻又照看得比誰都有耐心。

一個護理師說，曾有個雙腿截肢病人的太太，帶著六、七歲的兒子來病房。大家還以爲是來探病，結果太太把兒子丟病房裡，就這樣跑了，再也沒出現過。那病人剛手術完，也沒法照顧孩子，孩子就在病房裡哭，明醫師看見了，和病人聊了聊，轉頭就把小孩哄好了，甚至帶回自己家過週末，還一起去了遊樂園玩。

另一個護理師說，曾有個女病人，大概基因不好，年紀輕輕沒有菸酒檳榔，就得了口腔癌。腫瘤切掉後臉多了個窟窿，只得取小腿肉補上。

好一陣子她都躲被子裡哭，不敢見人，男朋友也因此跟她分了，嫌她長得恐怖，還說自己那麼醜鐵定沒人要了，不想活了。她出院時，明醫師親自買了一大束玫瑰花祝賀，同時給了她一個擁抱，那女孩手術後第一次笑了，說以前有男朋友時，也從來沒收過玫瑰花呢……

類似這樣的故事還有很多，那些資深的護理師，待在常明的時間比明琛長，也見證了明琛這一路的血淚。他們都覺得，明醫師如今雖然面冷，骨子裡卻依然是那個溫柔的青年，一如當初。

他就是所有人的太陽。他們這樣說。

紀項秋想了一會，用了一句話總結：「說你是個好醫師。」

在6C病房看完最後一個病人後，遠處忽然傳來一陣哭鬧聲。明琛怔了一下，這才想起這間病房裡住著誰，臉色驟然刷白。

紀項秋一直看著他，立刻注意到他的異常，還沒說什麼，一個6C的護理師正好發現了他們，表情有點緊張地跑過來。

「明醫師，你來看你妹妹嗎？她又鬧脾氣了，還把點滴都拔掉了，丟東西不讓人靠近，蘇醫師也不在，你要不要去勸勸她……」

可能是小時候被寵壞了，加上重病實在也不舒服，明芊的個性驕縱任性，情緒亦不太穩定，鬧起來時常放聲尖叫、亂摔東西，也就在蘇璟玉面前能聽話一點。

這會是剛好又發作了。

明琛其實一個月都不見得會來一次，去了也不見得管得住她，沒準還鬧得更厲害。但他人都在這了，不去看看也說不過去。

所以他去了，面色沉靜地走進了病房。

明芊本來還在歇斯底里地尖聲叫罵，要人不要管她、讓她自己去死，坐在床上拿到什麼扔什麼，兩個護理師一臉頭痛地站在床邊。

其中一個看到門口的明琛，連忙說：「小芊，妳哥哥來看妳了！」

這話一出，明芊就像被掐了脖子的雞，忽然沒了聲音。病房陷入一陣突兀的安靜，原本混亂火爆的氛圍似乎並未和緩，反倒像是凝結了。

明芊用發紅的眼睛死死瞪著明琛。很難想像一個十五歲的小女孩爲什麼會有這樣的眼神，彷彿帶著仇恨，帶著委屈，又藏著那麼點畏懼。

幾秒過後，明芊又叫了起來，反應越發激烈：「他不是我哥哥！你滾！你出去——」

明琛表情平靜，恍若未聞，平淡地對著其他人說：「都先出去吧。」

明芊住的一直是單人病房，房裡一時只剩兄妹倆對望。

熟識明琛的人若是看見就會吃驚地發現，此刻他臉上完全不見平時的溫和與柔軟，倒也沒有怒意，只是極度的冷漠。

明琛淡淡地問：「妳想怎樣？」

他的語氣像是陌生人，太淡漠了，絲毫不像是兄長對妹妹的語氣。

明芊眼眶一酸，吼道：「你才想怎樣！不是不管我嗎？現在在這邊假惺惺什麼？我不用你來看！」

明琛的眼神冷酷得令人心驚，就事論事地說：「我沒想來看，只是剛好路過。」

明芊一怔，隨即便流下了淚。

她和明琛的眉眼其實有些相似，都是美人胚子，但因爲長期身體不好，顯得太憔悴陰鬱、骨瘦如柴，看著她不會聯想到美，只覺有滿滿的病氣。這樣一哭，就顯得她更加悽慘了。

明琛的話好像讓她洩了氣，吼不動了，掉著眼淚說：「你不是我哥哥……我哥他那麼疼我，不是你這樣的……你把我哥還給我……」

明琛面上不顯情緒，卻退了一步，猶如被什麼東西狠擊而踉蹌，最後又穩住了。

他耳畔再度開始嗡鳴作響，止痛藥也壓不住逐漸劇烈的頭疼，像是有人拿著刀一遍一遍地捅入，在他腦子裡翻攪切割。

明芊壓抑的哭聲還在繼續，像是無限重複的詛咒：「你把我哥還給我……你把我哥還給我好不好？」

明琛再也撐不住了，他狠狠閉眼，沉聲道：「聽護理師的話，不要胡鬧了。」語畢，他扭頭就走。

紀項秋一直靠在病房門外的牆邊，房門沒關，方才的動靜他全都聽見了。

但明琛此時已沒有多餘的心力顧及，他臉色慘白，額頭冷汗涔涔，眼前的畫面好似閃著強光，晃蕩而模糊。

耳鳴聲尖銳得像是全世界的警報器都一同拉響，他幾乎聽不見紀項秋的聲音，卻抓住了對方伸來的手臂，像是溺水的人抓住了一塊浮木。

「我想……」他嘴唇顫抖，眼神狂亂，「我想回家……」

然後，他雙膝一軟，意識沉入黑暗之中。

第五章

興許是因為高燒的關係，明琛被惡夢魘住，醒不過來，昏昏沉沉之間，諸多混亂而難堪的畫面零碎閃過。

他看見靈堂前父親黑白的遺照，看見他母親走遠的背影。

他追了幾步，卻被一隻小手拉住，回頭就看見了明芊——他妹妹手腕一道刀口劃破了動脈，噴濺出鮮血。他僵住了，動彈不得，任由血液飛灑如瀑，染紅了全部視線。

他看見了陳言德在笑，院長在笑，劉主任在笑，當初鬧著要提告的家屬圍了上來，也都在笑。這些笑容被夢境扭曲，小丑似的開裂了嘴角，擴大到鬢邊，一張張笑容沾上了飛濺的血點，看著讓人怵目驚心。

太吵了。他們每一個都在問，問那個出於明琛自己口中的問句：「你連自己都救不了，還想要救誰？」

紛亂的嘈雜聲持續到一個即將令人崩潰的臨界點時戛然而止，像被掐斷了電源，畫面驟然闃黑無聲。

他又看見了一個青年，跪在這片黑色的虛空之中，發瘋似的不知對著什麼狠狠磕頭，一下又一下的砰砰聲反覆迴盪，像是要把額骨撞裂。

然後那人抬頭望來，額上血肉模糊，鮮血淋漓，幾道殷紅蜿蜒流過那張與他一致的面容。

那雙眼睛黑洞洞的，衝著他問：「你是不是希望你妹妹死掉？」

你是不是希望你妹妹死掉？

你是不是希望你妹妹死掉？

你是不是希望你妹妹死掉？

夢中的所有混亂終於全部融合成這一個帶血的問句。明琛的心臟像是被一隻手狠狠掐住，胸口冰冷疼痛，他在床上顫抖掙動著，眼角滑出淚水，下唇被自己咬出了血。

一個溫柔的吻落了下來，舔舐著他破損的唇瓣與緊咬的牙關，直到他鬆開。恍惚之間，似乎有個低沉的聲音一直在耳邊哄著他，一雙有力的臂膀擁了上來，抹去他的淚水，將他的所有掙動都按在懷裡。

點滴裡面加了退燒藥與一點安眠的成分，緩緩起了作用。

明琛終於從夢境中解脫。他被一種令人心安的氣息與溫度包圍著，沉沉入睡。

✦

紀大律師真是有求必應，明琛醒來時發現，自己的確回家了，躺在自己房間的床上，手臂上吊著的點滴也不知從何而來，像是專門請家庭醫師過來打上的。

時鐘顯示十一點，接近正午。他燒已經退了，喉嚨還有些癢，卻不太痛了。

明琛幾乎記不清自己有多久沒這樣好好睡上一個長覺，雖然整個人還有點病後的無力感，但仍舊感覺一陣莫名的清爽。

今天週二，是上班日。他摸出手機看了下，意外發現電話沒有被打爆。他昨天倒在醫院，或許有同僚目睹，幫他請假了。

於是他心安理得地帶著這種清爽感，繼續曠職。

床邊的矮櫃上擺著酒精和紗布，明琛熟門熟路地弄來消毒，自己拔了輸液管，又覺得身上還帶著昨夜出的虛汗，決定先去洗澡。

昨天穿去上班的衣服顯然不是這一身，有人替他換過了，明琛脫掉衣服走到蓮蓬頭下沖水，試圖回想自己在醫院昏倒後發生了什麼。

不過他昨晚大概整個人都燒傻了，記憶很模糊，只依稀感覺旁邊似乎一直有個人陪著、照顧著。

大概是紀項秋。

可能真的體力透支太久，病得厲害，明琛光是洗完澡就覺得有點累，自己都差點被自己給累笑。

他穿著一身寬鬆的休閒服，髮梢還在滴水，剛從浴室走出來，玄關大門的門鎖竟傳來細微的喀喀聲，像是有人拿著鑰匙在開門。

他杵在原地望著門板發呆，下一秒，紀項秋推門進來。

「紀……紀律師。」明琛愣了愣，嘴上還卡了一下，「你沒走啊。」

不知道為什麼，在醫院或飯局上這一聲「紀律師」聽著沒什麼問題，此時他喊起來卻特別彆扭。

紀項秋似乎也這樣覺得。他提著幾個紙袋走了進來，把手上東西放到餐桌上，一面說：「喊名字就好了。」

話雖這樣說，那一聲「項秋」明琛實在是叫不出口，停頓了一會，喊了聲：「紀哥。」

紀項秋笑了笑，應下了這聲哥，又把手上一串鑰匙還給明琛，「從你口袋找到的，別介意。」

明琛獨立慣了，是不喜歡給人添麻煩的個性，這會他只覺得不好意思，哪有什麼介意。

紀項秋看了看他，像是在觀察他的臉色，覺得比昨天好上太多，滿意地點點頭，問道：「感覺還好？頭還暈嗎？」

明琛連忙回答：「好多了，沒什麼事了。」

紀項秋又大致交代了下昨晚的事情，和明琛猜得差不多，因為他說想回家，鑰匙也剛好就在口袋，一摸就著，紀項秋就把他送回來了，還請了位熟識的家庭醫師上門來看。

「我替你打電話給醫院請了一天假。」紀項秋邊說邊把紙袋裡的東西一樣樣拿出來，竟然是食材和水果，甚至還有一小包米，看起來他剛從超市回來。「你去把頭髮吹乾，我弄點吃的給你再走。」

明琛雙唇微張，看起來整個人都有點傻，像是被這男人居家的模樣擊中了心裡的某一塊。

只見紀項秋慢條斯理地折起襯衫的袖子，提著食材走進明琛自己都沒用過幾次的廚房，將一些東西擺進了空蕩蕩的冰箱，而另一些東西則取出來直接洗了，手上動作俐落熟練。

明琛沒有移動腳步，聽著流理臺的嘩嘩水聲，感受有點混亂，彷彿私人的領域忽然遭人入侵、被人一下子逼近，以至於有些無所適從。

這份溫暖太陌生了，燙得他近乎不知所措，卻又覺得這個死氣沉沉的家，好像終於在這一刻鮮活了過來，終於不再那麼冰冷空蕩。

半晌，他遲疑道：「紀……哥，今天沒上班？」

到紀大律師這樣的地位後，只要沒與當事人有約，人在哪兒工作其實都差不多。

「早上回去過一趟，沒什麼要緊事。」紀項秋輕描淡寫地答道，回過頭來，警告似的指了指他，「去吹頭髮。」

明琛乖乖去了。

紀項秋手藝不錯，但也沒弄得太複雜，只是煮了鍋粥和幾盤小菜，前前後後二十來分鐘，明琛都沒再出現，整個家裡靜悄悄的。

紀項秋走進臥室，發現此人靠坐在床邊地上，抱著吹風機睡著了。床墊高度只到明琛肩膀上一些，頭後邊沒得靠，他整個脖子呈現九十度後仰，儼然睡出一種仰天長嘯的風格。

紀項秋頗覺無語，光是看著都替明琛難受。他幾步走近，輕巧地拿過吹風機，坐在床邊讓明琛的頭靠在自己腿間，低頭替他吹起了頭髮。

明琛頭髮短，平時其實沒有用吹風機的習慣，他太懶了，覺得浴巾包著扒拉一下也就差不多，剛剛他好不容易翻找出吹風機，才攢起來的一點精氣神就耗盡了。

紀項秋的動作輕柔，但吹風機的聲響太大，明琛也不是真的睡熟，一下就醒了。他愣了愣，想要轉頭，卻被紀項秋按住。

男人的聲音從後上方傳來：「沒事，再休息一下吧。」

紀項秋一手拿吹風機，一手撥弄著明琛柔軟的髮絲，指尖偶爾輕輕按摩著頭皮。明琛一開始還有些僵硬，後來被按得舒服了，也就放鬆了點，坐著一動不動的，看起來有點乖。

短髮乾得快，尤其本就已經晾了一陣子，沒幾分鐘就吹得差不多了。

明琛喃喃說了聲謝謝，紀項秋剛關掉吹風機，沒聽清楚，問道：「什麼？」

明琛抬起頭，再次用那種仰天長嘯的姿勢看他，雙目對上時，嘴唇微動了一下，像要說話，又像是要索吻。

他們顛倒著對望了幾秒，紀項秋傾下身來，吻住了他。

明琛閉上了眼，任由親吻逐漸加深，任由對方仔細地舔吻著他的唇舌。

他微微顫抖。

和初識那一晚因放縱與激情而產生的親吻不同，這一吻極深，溫存而纏綿。

空虛飄蕩的心像是孤舟終於找到了歸處，像是被狂風吹起的一根羽毛，在漫長的翻飛中，終於輕飄飄地找到了這裡，平安地、穩穩地降落。

明琛心想：原來如此。

原來如此。

雙唇分開時，兩人的呼吸都重了幾分。紀項秋笑了笑，大手摸著他的臉，低低地問：「喜歡嗎？」

明琛被親得一雙眼濕漉漉的，有點矇矓地回望。他衣領有些寬鬆，從紀項秋的角度可以看見他白皙的頸脖，與下方線條優美的鎖骨。

這人想了一下，竟還真的回答了，聲音帶著點鼻音：「喜歡。」

紀項秋一頓，一陣邪火竄起，下身幾乎起了反應。他微微退開，卻被明琛捉住一截衣角。

「我想……我想要。」手中那截小衣角都被他揪皺了，他垂著眼簾，聲音很小，喘著氣音似的：「可以嗎？」

紀項秋的眼中有種難以辨明的情緒，像是極度克制，卻又無法完全藏住濃烈的慾望。

他忽然一把將明琛從地上拉起來，讓人分腿坐在自己膝上。

他貼著他的唇說：「把嘴張開。」

明琛的腦海「嗡」的一聲，逐漸開始難以思考，雙唇微啓就被紀項秋狠狠吻住。紀項秋的舌尖霸道地闖了進來，與他的舌互相勾纏，復又凶猛地一處處掃蕩過他的齒齦與上顎，再往喉嚨深處探去。

明琛的後頸被一隻手扣住，另一隻手從褲腰鑽入，揉捏著他的臀部。他沒法退開，只能被動地承受著親吻，口咽被人徹底占據。

太深入了，也太強烈了，他眼眶溢出淚，感覺有點上癮，又有點可怕。

親吻之間，明琛身上的衣物一件件被除去，而後被放倒在床上。兩人滾燙的性器緊貼，被紀項秋的手圈在一起撫弄。

他的唇移開了，開始在明琛的臉頰、頸側遊走，最後來到耳廓，濕熱的舌尖在那兒描摹了一會，而後鑽入耳中。

明琛整個人抖了一下，一瞬間什麼都感覺不到了，整個世界只剩下黏膩曖昧的水聲，腦中「轟」的一聲炸了。

「哈……啊……耳朵、不行……」

他反應甚大，胡亂掙動著，又全部被鎮壓，手腕被紀項秋單手扣住，按在頭部上方。

紀項秋停了下，似乎笑了一聲，在明琛耳邊輕聲道：「耳朵很敏感……嗯？」

明琛全身寒毛豎起，像是炸了毛的貓。紀項秋的舌頭又闖了進去，變本加厲地舔舐著他耳中每一處角落，而後性交似的一下一下侵犯著耳道深處。

過大的刺激令明琛整個身子無法控制地發抖抽動，扣住他的力道無比強硬，將他按在原處，被逼迫著承受。

「啊、哈……啊……」

他被親哭了，眼淚掉個不停，下身落在紀項秋手中有一下沒一下地摸著，也沒怎麼弄，忽然就顫抖著射了出來。

「靠耳朵高潮了？」紀項秋舔去他的眼淚，「還有另一邊呢。」

「不……要……耳朵……耳朵不要了……」

耳朵被大發慈悲地放過了。紀項秋用手指沾了沾他射出來的精液，就著這些液體開拓著後面的穴口，接著性器抵了上去，緩緩插入。

他看著明琛猶在高潮餘韻，卻又一邊被進入的表情，下身挺動，粗大的性器便完全貫穿了脆弱的腸道。明琛剛射過的前端哭泣似的再度漏出幾滴液體，整個穴肉似乎因高潮的關係抽搐著，看起來好不可憐。

「哈啊……」

明琛全身都是軟的，任由紀項秋擺弄抽送，乖得不行。強烈的快感麻痺了他的思考，說不太出有意義的詞語，只有喘息和甜膩的呻吟，實在受不住的時候就嗚嗚地哭，哭到紀項秋心軟，俯下身來哄著、親著，身下激烈的抽送轉爲輕緩，卻深入得讓人顫抖痙攣。

「喜歡嗎？」

紀項秋身下又是一次深深地頂弄，他感受著柔軟的腸壁蠕動著、無法控制地纏上自己，一面舔弄明琛的耳垂，哄誘般在他耳邊一遍遍問著。

「喜不喜歡被操這裡？嗯？」

明琛被一下一下頂撞著，被快感弄得神智近乎崩潰：「啊……喜、喜歡……喜歡……」

「喜歡什麼？」

紀項秋連問了幾遍，伴隨著幾次凶狠的挺動，明琛才嗚咽著回答。

「哈、啊、喜歡……喜歡被……操、操那裡……嗚……」

紀項秋獎勵似的親了他一下，「眞乖。」

今天的紀項秋和上一回有些不同，也可能是少了最初的客氣，有意顯露出更多的本性——強勢、凶猛，與一點控制欲。

不過，顧慮到明琛大病初癒，紀項秋其實已經有所克制，奈何明琛素質太差，好不容易養起來的一點體力又被操沒了。

情事結束後，明琛整個人像剛從水中被打撈上來，濕淋淋的。

紀項秋弄了條熱毛巾來，幫他全身擦了遍，套上衣服，又把涼掉的粥重新熱過，端進來在床上一口口餵他吃了。

明琛腦海昏昏沉沉，喝完粥又睡下了，再醒來時已過了黃昏，天色將暗未暗。

紀項秋已經走了。

家裡安安靜靜的，有些漆黑。明琛在陰影中看到了放在床邊矮櫃的家門鑰匙，知道不會再有人開門走進來了。

他坐在床上咀嚼了一會這段尚且難以定義的關係，忽然就想起了最初紀項秋曾說過的話：你不要後悔。

✦

明琛隔天就回去上班了，接連幾日都有點心浮氣躁。

陳言德在那邊語氣泛酸地說他現在挺大牌啊，一通電話不知打給誰就准假了，放著那麼多病人不管，嗡嗡嗡地叨念個不停。

坦白說，明琛也不知道紀項秋到底打給了誰，反正他一個字也沒吭，居然破天荒地摔門走了，聲響大到全科辦的人都聽見了。

然後在開刀房做術前準備時，實習生接導尿管時不熟悉手術的無菌原則，把一整盤器械都碰汙染了，挨了明琛一頓批評。

小胖在旁邊聽見了，驚覺自家老闆心情甚差，屁都不敢放一個，但手術收尾時還是被掃到了颱風尾，關傷口時被明琛毫不留情地嫌棄了一波：「你縫這樣能看嗎？拆了，重來。」

明琛也曉得自己心裡煩躁，看什麼都不順眼，後來非必要乾脆也不和人交流，一身低氣壓地過了幾天。

一日又逢值班，急診發來了照會。一名二十歲的年輕人被家犬咬傷小腿，需要縫合。這和上回工傷斷指的難度就差很多，不需要上開刀房，直接在急診的縫合室，打個局部麻醉清創縫合就好。

縫合室是個小診間，有點凌亂，正中間放著一張病床，周遭的矮櫃和桌面則堆滿了各種醫療雜物，角落擺了一部市內電話。

醫療人員之間稱呼病人經常以病情代稱，畢竟人名太多了，記不住。像這位病人的代稱就不很好聽，被叫做「被狗咬的」。

明琛走進縫合室時，被狗咬的大男孩已經躺在床上，病歷上寫著名字：程泓。

程泓精神看著還不錯，還能笑笑地衝人打招呼：「醫師您好啊。」

器械都有小醫師幫忙備好了，局部麻藥已經施打，傷口也基本清創過。明琛簡短問診後，坐下就開縫，針穿入皮膚時，程泓「嘶」了一聲。

「還會痛？」

程泓有點不好意思地說：「沒有，我只是緊張。」

這人有點逗。明琛笑了一下，爲了讓人轉移注意力，他繼續動作，一邊開口閒聊：「家裡狗那麼凶？剛養的？」

「哎，也不是，我爸媽養的，我很少回家，牠跟我不熟。」程泓成功被轉移注意力，興致勃勃道：「我看牠一直衝我吠，就特別想逗牠，所以拉了下牠的尾巴，又把牠的飼料盆舉高高……」

在醫院就是會遇上各種愛作死的蠢貨，明琛無言片刻，決定不發表評論。

程泓大概還是有點累，嘰嘰喳喳一會後也慢慢安靜下來，昏昏欲睡。

一個住院醫師走了進來，禮貌地問能不能借用這裡的電話，說外面電話都被占滿了，而且他可能會打很久。

明琛不介意，讓他隨意，那學弟就坐在角落開始撥號碼。

明琛縫得很安靜，程泓也被縫得很安靜，於是安安靜靜的診間一時就只有學弟的說話聲。

「喂您好，葉醫師嗎？我這邊胸腔科想借一床病床，不知道方不方便？」

「問總醫師嗎？好的。」

「喂您好，是方醫師嗎？我這邊胸腔科想借一床病床，葉醫師請我來問你……」

「哦，好的，那我再問問別科，謝謝。」

「喂您好，劉醫師嗎？我這邊胸腔科……」

一通通電話講得跟複讀機似的。

借病床這種事情在醫院並不少見，但要真的借到，中間勢必得經過一段「借床地獄」。

常明醫院的病人量太大了，每位主治醫師的床位其實都很吃緊，就算手邊有一兩張空床，也許明後天就又有人要住進來了，借了人之後反而可能換自己沒得用。

除此之外，在病人照護上也會有點麻煩。

譬如9A病房多半屬於整形外科，病人開什麼刀、吃什麼藥、紗布怎麼包、可能會有什麼問題，大家都很熟練。要是其中一床來個別科的病人，護理師這下就沒有常規可循，遇上什麼都得問，若有緊急狀況，一時可能根本不知如何處理。

畢竟隔行如隔山——隔科也是。

所以即使大家都有過床位不夠的時候，也沒能有多少「互相體諒」的同理心，輪到別人來向自己借，多半還是不大樂意的。

於是借床位還得靠緣分，以及非比尋常的耐性。把全院還有空床的科別全部打過一輪，總會遇上那麼一個好心大方的醫師。

明琛本來沒注意聽，但學弟實在重複了太多次，念到他滿腦子也跟著魔性環繞著：哦，胸腔科要借一床病床……

學弟一路從十三樓打到七樓，表情都有點麻木了。有些醫師不借就不借，還凶人，說：「我們床位也很緊繃啊，哪可能方便?你哪位啊，幹麼找我們啊?」

學弟就還得道歉：「好的，學長不好意思，打擾了……」

明琛現在滿床，所以電話沒有打到他這裡來，但他印象中，自己有個病人應該明天清早要出院。現在已經晚上十一點多了，如果學弟那邊的病人願意在急診病床將就過這一晚，他其實是可以借的。

倒不是他真的多有同理心，只是學弟在那打半小時電話了，實在是有點可憐。

連程泓都悄悄聽了一耳朵，和明琛小聲嘖嘖道：「沒想到你們醫院是這種畫風啊。」

明琛視線沒從傷口上移開，反問：「什麼畫風？」

程泓一時也說不清楚，想了下才回答：「就……醫生嘛，我以爲都活得很超然啊，工作就是救人，應該兩袖清風，充滿仙氣，哪需要打這麼多官腔？結果根本和普通公司裡的員工差不多嘛。你們在學生時期個個都是頂尖的吧，現在跟個上班族一樣被老闆罵、被前輩罵，還得這樣低聲下氣……」

明琛聽著他滿嘴成語，覺得有點好笑，又莫名有點難受。

他笑了笑，「哪裡都是一樣的，能有多超然。」

程泓還是個大學生，沒見過多少社會的現實，感慨道：「常明醫學院是多少人的第一志願欸，結果和大家想像的也不太一樣啊……」

縫合結束後，程泓坐起身，不一會兒，外面來個護理師推著輪椅把人接走了，他被推走時還笑嘻嘻的，「醫師再見啊。」

明琛也笑了，無奈地說：「可別再見了。」

學弟還在角落那兒打著電話，剛掛掉一通，明琛就叫住了他，說了自己床位的狀況，看他願不願意等到明早。

幸福來得太突然，學弟連聲道謝到有點呈現癲狂狀，明琛哭笑不得，給了他小胖的電話，讓他自行去聯絡。

「喂，您好，是朱暢之學長嗎？您好，我這邊胸腔科……」

明琛脫了手套，在流理臺邊洗手。學弟正在和小胖解釋始末，還有病人的病情。

「五十歲女性，肺部鱗狀上皮細胞癌四期，今天咳血入院，沒有其他系統性疾病。名字叫……」學弟翻翻手上的小冊子，說了下去：「名字叫薛鳳珠。」

明琛頓了一下，忽然整個人僵住了。

第六章

明琛自認不是個沉溺於過去的人，最近不知爲何，卻常想起他的母親。

明家家境以前也曾經小康過，然而明琛十三歲時，明芊出生了——生來就帶著法洛氏四重症。

明母不得不辭去工作，整天守在女兒身邊照護。明芊的醫藥費和一家四口的經濟壓力，這下全落到明父的身上。

有時上天給你關了一扇門，還眞不見得會爲你開一扇窗，反而可能衝你家裡再放一把火。

明琛高三那年，明父疑似工作過勞，突發心源性猝死。

他一直以來是眞的很疼妹妹，即便是那時候，也不曾怨怪過她拖累了全家，知道這不是她願意的。

但明母卻是眞有點撐不住了。

她一下子失去了丈夫，沒有收入，生計困難，還有個重病的女兒要養。

明琛從小就曉得分擔家計，幾乎不問家裡要錢，還拚了命地念書，只爲了跳級省去那一兩年的學費。

他體貼、心細且聰明，很快就察覺到了明母的異樣。

明琛和明芊的相貌都隨了明母。她生得標緻，即便已經三十多歲、生過兩個小孩，仍然風韻猶存。

明父去世後，曾經溫柔婉約的明母逐漸變得冷淡陰鬱，她的笑容減少了，不再樂意照顧明芊，情緒控制不住時，甚至會在明琛身上發洩。

又一陣子後，她忽然重新拾起久未使用的化妝品，穿起細緻好看的衣裝，開始長時間不在家，很晚才回來。

明琛當時一邊是繁重的課業，一邊得獨力照看重病的妹妹，少年纖瘦的肩膀獨自撐起一個家。他很累，也很慌，察覺了異常也不敢問。

有很長一段時間，他都在極度的不安全感中度過。

高三即將畢業的某一天，他本來在醫院照顧明芊，卻臨時回家拿東西，一開家門就看見了一個攤開在地板上的行李箱，以及正在收拾什麼的明母。

他與他的母親陷入一陣長久的對望。

然後，明琛到書房拿出常明醫學院的錄取通知書，在他母親面前跪下了。

他求她別走，說他會打工、辦學貸，求她再給他幾年——只要幾年，等他當上醫生，一切就都好了，這些都會好轉的。

只求她別走。

別丟下他們兄妹。

曾經無比親密的母子，居然走到這樣哀求著對方留下的地步。

明母像是被這畫面刺痛了雙目，一直端著的冷淡終於崩了，當場也跪了下來，摟著明琛失聲痛哭。

她於是沒走。

但接下來的生活仍舊不容易，明琛幾乎把課餘所有時間都用在打工與照料明芊之上。而明母雖然沒走，卻也沒怎麼對他們上心，依然過著精心打扮、早出晚歸的生活，與這個家有那麼點貌合神離的意思。

彼此之間的關係似乎已經細如蛛絲，好像輕輕那麼扯一下，隨時都能分崩離析。

明琛自那時起就變得淺眠，經常被噩夢驚醒。他依舊無時不刻都被不安所包圍，每分每秒都活得小心翼翼——好像這一生都不曾自在過。

再來的變故，就是出現在三年前的那場醫療糾紛。

明母這幾年來顯然在外有了交往對象。此事一出，他們家有段時間都被記者蹲點，一出門就被團團包圍。

壞事總是趕著一起來，明芊的狀況時好時差，那時再次次住院，還發了病危通知。院長又找上了他，說院方可以替他妹妹開一個病例討論會，找來各國大佬討論治療計畫，或者，也可以直接將她轉成安寧治療，全看明琛怎麼選擇。

明琛心中的所有傲氣、不甘與反抗心，終於在此時被全數摧毀。他認下了不屬於自己的罪責，從此之後，讓他說什麼說什麼，讓他做什麼做什麼。

那句「一切都會好轉」，在當時看來，竟顯得十分天真可笑。

有天在家裡，明母忽然深深地注視著明琛。他對上了母親意味深長的眼神，一下子就懂了。

心裡也涼了。

那天夜裡，明琛聽著房門外收拾東西的聲響，聽著行李箱被扣上、滾輪在地上滑動的聲音，而後大門打開又關上，發出小小的、「砰」的一聲。

像是有什麼東西朝著他的心臟開了一槍，以至於那一處破爛流血，嘩地把體內所有東西都流空，慢慢變得冰冷而空洞。

他拚盡全力、耗盡心思，終究沒能留住任何事物。

最終，他躺在床上，動也不動，睜著眼到了天明。

在那之後，他再也沒見過他的母親。

他的母親就叫薛鳳珠。

老天爺似乎還沒那麼狗血。

明琛親自去急診病床區看了，那人不是他的母親，只是非常恰巧同名同姓罷了。

明琛遠遠看了一眼，自己也回過味來了。

他母親與這名婦人的確年齡相近，但並不是五十歲。大概「鳳珠」在那年代就是個菜市場名，趕巧又遇上個姓薛的而已。

是他自己心中有事，想太多了。

這個薛鳳珠是位形容消瘦的婦人，雖然重病，但儀態看起來還算講究，灰白的髮絲挽起，在腦後梳成一個整齊的髮髻。

她正躺在病床上，時不時咳個一兩聲，臉色蒼白虛弱，病床旁邊空空蕩蕩，沒有家屬，孤伶伶的。

明琛杵在那兒瞧了一會，莫名地覺得很不是滋味。他抿起唇，不欲再看，轉身走了。

✦

翌日午休時間結束前，明琛去病房巡了一圈。

薛鳳珠借走的床位是雙人房靠窗的位置，另一床是明琛自己手上的病人，一個舌癌術後的婆婆。

他巡完那婆婆後，往薛鳳珠的病床方向看了一眼。

只見那邊仍沒有家屬出現，老婦人連睡顏都顯得寂寥，睡夢中也在連連嗆咳。明琛有點看不下去，走過去幫她翻成側躺，讓她好過一些。

薛鳳珠可能沒睡很熟，這一翻倒是醒了。

明琛與她四目對上，倒也沒如何，乾脆在窗邊的陪護椅上坐下了，問道：「阿姨，妳家人怎麼沒來？」

明琛穿著白袍，薛鳳珠不知道這又是哪位醫師，但各科醫護來來去去，她也看慣了，笑笑道：「他們工作忙。」

她的聲音喑啞，有點粗糙，一聽就是菸嗓。

還眞挺巧，這也和他的母親一樣，自從明父去世後，她不知何時就開始有了菸癮。

明琛又問：「現在感覺還好嗎？止痛藥夠嗎？」

「都好、都好。哎呀，你這醫師挺善良啊……」

薛鳳珠雖然病重，心情還算豁達，神情語氣和煦慈祥。

似乎全世界的大媽都關心晚輩的幸福。他們聊了一會，薛鳳珠便笑著問了個經典問題：「這麼年輕，結婚沒啊？」

明琛也笑，答道：「沒呢。」

「喲，那有對象沒啊？」

「對象……」明琛愣了愣，腦中一下子跳出紀項秋的臉，「也……算是沒有吧。」

這種模稜兩可的答案一聽就是有鬼，薛鳳珠的八卦魂直接被引燃，邊咳邊問：「算是沒有？還在追？」

「阿姨，您冷靜一點。」明琛拍了拍她的背，哭笑不得，「沒追，他人太好了，我追不上呢。」

薛鳳珠的表情頗有點恨鐵不成鋼的意思：「嘿，喜歡就得追啊，用力追！哪這麼多顧忌！現在的年輕人就是窮講究，別等人家真的跟別人跑了，那可就晚囉！」

堂堂明大醫師這會被一個阿姨追問得有點狼狽，但也許是衝著「薛鳳珠」這個名字，明琛就特別有耐心回答她的每一個問題。

一直閒聊到開診時間，明琛才起身離開，走前說了聲：「阿姨，我之後再來看妳。」出病房時，他正好遇到了薛鳳珠的主治醫師。

那醫師姓邱，開場就先感謝明琛出借床位。客氣幾句後，明琛順口問起薛鳳珠的狀況。

邱醫師嘆了口氣，「已經發現骨轉移和肝轉移，只能拖時間了。病人本身還有她的家屬似乎都不打算積極治療，之後申請通過的話，可能就轉安寧了……也不知道撐不撐得到過年。」

明琛面上看著挺正常，心裡卻有片刻恍惚，只覺這兩個薛鳳珠又多了一項共通點——她們最終都是要離開他的。

這一晚，明琛在深夜時再度被噩夢驚醒。

那夢境光怪陸離，他又夢見了母親離開的那一夜，卻看不清楚她的臉。

好像她的容貌已經從明琛的記憶中被挖空了、記不清了，然後那空白的臉部，忽然就被替換成了那個肺癌末期、枯瘦憔悴的薛鳳珠。

薛鳳珠拖著一個行李箱，背對著他漸漸走遠。

他拚了命地跑、拚了命地追，然而怎樣也拉不近距離。

後來那背影變了，變得似乎不太像他母親，看著像是一個男人。

驚醒後，明琛在床上靜坐思考了很久，天將亮時才恍然明白，那背影竟是紀項秋。

✦

紀項秋被醫師公會邀請，主講醫療糾紛爲主的一些案例。

非是律法同行要聽的課，講的內容自然就比較入門淺顯，連課程名稱都不是他定的——醫療糾紛百百種！如何保護好你自己？

看著還有點俏皮。這對他來說就跟閒聊似的，也不用備課，挺輕鬆。

上課地點在醫師公會附近的一間飯店，頂樓有個很大的會議廳，課後的晚宴就在同棟一樓的宴會廳，搭個電梯就到了，很是方便。

紀項秋的課在最後一堂，有點壓軸的意思。

前面幾堂都是醫學主題，不外乎是一些老前輩的病例分享，明琛聽得意興闌珊，到紀項秋出現才打起精神。

其他人也差不多，都等著這堂課呢，萎靡的氣氛振奮了起來，尤其好幾位年輕女醫師都雙目發光地交頭接耳。公會課程的聽眾從來都是小貓兩三隻，這一次卻幾乎滿席。

明琛坐在靠後邊的位子，看著紀項秋從容不迫地走上講席，微笑著開場。

「各位醫師好，我是紀項秋律師，有些人可能認識我。」

這話說得謙虛了，在座大概沒有人不認識他，許多人都在點頭。

他打趣道：「不認識也不要緊，對各位來說，要碰上我有很大概率都不是什麼好事。」

臺下笑了起來，他點開投影片，正好笑聲平息，接著說：「很榮幸被邀請來講課，當初有給我課程大綱，我看了下，上面寫著主要想了解的是訴訟應對、訴訟外解決途徑，還有病歷書寫——我當然不會寫病歷，怎麼會讓我教你們寫病歷？饒了我吧。」

他跟著臺下一起笑起來，繼續道：「開頭我們先來看幾個案子……」

明琛脫離學生時代太久，已經喪失了聽課的能力，只要是半小時以上的課程或會議，基本上都會睡著，今天卻沒有。

如林老所說，紀項秋的確是一位很好的講者，話語詼諧、內容有趣，同時也引人反思。他說話的節奏偏快，又不至於讓人跟不上，而是使人不自覺全神貫注地聆聽與思考。和私底下比起來，臺上的紀項秋依然穩重，同時多了一分幽默與鋒利，侃侃而談的模樣顯得成熟且睿智，特別有魅力。

明琛的座位靠後，紀項秋沒發現他。他坐在臺下看著對方，忽然覺得那些情愛就好像是一場幻覺。

這個人其實離自己很遠。

一個半小時的課程接近尾聲時，聽眾都還意猶未盡。課末預留了十分鐘的提問時間，發問前所未有地踴躍，以至於主持人都跑出來控場。

「好了，這是最後一個問題了，提問結束了！紀律師也想下班！」主持人安撫著臺下有點躁動的聽眾，「我們最後還有有獎徵答，不要著急！」

有獎徵答的禮物，大多是各種藥商或醫療用品商送給公會的贈品，怕放久了過期才拿來當獎品。

大夥兒又回到意興闌珊的狀態，前幾道題都答得不疾不徐，沒人認眞想搶答。明琛直接不理，已經在低頭滑手機。

最後一題的禮品倒是又讓大家甦醒過來。

「特別感謝紀律師提供了一份禮物，大家都知道紀律師有出過兩本書，這一本！」主持人舉起一本白色封面的書籍，「就是最新的一本！答對的人可以拿到這本書，再加碼紀律師的親筆簽名好不好！」

最後這句可能是主持人擅自加上去的，因爲一旁的紀項秋聞言還愣了一下，但也沒說什麼，只是笑了笑。

其實明琛若眞想要，直接私下找本人，紀項秋大概也不會不給。可當他聽到附近那幾個女醫師激動了起來，有點犯花痴地低聲鼓譟著要搶，頓時就覺得很堵心。

「來！預備，三、二、一，請搶答！」

於是他就跟著舉了手。

像個小學生似的。明琛一邊舉著手，一邊自己都感到好笑。

主持人看著臺下高舉的四、五十隻手，忍不住汗顏，爲免引發眾怒，索性把這個難題丟給別人。

「哎呀，眞是踴躍。紀律師有看見剛剛誰舉第一嗎？」

紀項秋在收拾筆電，根本沒看著聽眾席，聞言才抬起頭——也許是某種冥冥注定，或是心有靈犀，一整堂課都沒瞧見明琛的他，這會一眼就與明琛對上了。

他先是露出有些訝異的表情，然後笑了，笑容很溫柔，而後直接黑箱作業，伸手就指了明琛，說：「那邊，那個藍色衣服的。」

明琛答題時，臉都還覺得有點燒，腦中全是紀項秋的笑顏，久久揮之不去。

「恭喜答對！這本書我們就請紀律師簽字，剛才答題那位醫師可以過來領。有獎徵答結束！謝謝大家今天的參與，晚宴在一樓宴會廳，一個小時後可以進場……」

講座結束後，紀項秋被一群醫師團團圍住，一些是還有問題想問，一些是抱著結交的心思來攀談。畢竟紀大律師的名號實在太響亮，很多人都想巴上這一層關係。

明琛在一段距離外站著，一時不知道要不要過去。紀項秋也看見了他，越過一票人群，用唇語對他說：後臺等我。

明琛遂出了會議室，繞路從後門走進後臺的休息室，幾分鐘後，紀項秋也過來了，手裡提著電腦包和那本書。

他看到明琛就笑了，伸手將書遞過來，一邊說：「我不知道你有來聽。」

明琛到現在都還覺得臉熱，搶簽名書？這行爲跟個迷妹似的。他接過書直接就放進包裡，乾巴巴地回：「紀哥也沒說你要來上課啊。」

他話語中那種隱約的抱怨之意，讓兩人都愣了一下。

也許是因爲他們有好些天沒見了。從明琛生病那天過後，他們就沒再聯絡——其實這說法也有點怪，他們本來就沒有在聯絡，手機號和通訊軟體帳號都不曾交換過。

紀項秋歪著頭看他，幾秒後突然問：「晚宴你參加嗎？」

明琛點頭。

晚宴其實就是一個大型的應酬現場，明琛一向很煩這種場合，但人都來了，不露個臉有點不給面子，便打算待個半小時，意思意思一下再離開。

見他點頭，紀項秋又問：「離開始還有點時間，先出去走走？」

飯店外頭有塊很大的綠地，正中間是一座長方型的水池，兩側有步道與花圃，配合著燈光造景。

太陽剛下山不久，夜色不應很深，但這個月暴雨連連，天空烏雲密布，天色都提前暗了，襯得燈光特別明亮浪漫。

他倆漫無目的地走著。

夜風微涼，空氣中有種潮濕青草的味道，聞著挺清新，一旁有噴泉的水聲潺潺。

環境可說是布置得挺舒適了，然而對此時的明琛而言，這些都只是背景板，他的注意力高度集中在那隻離他不遠、甚至與他偶爾擦過的手掌。

好像差一點點就能握住。

紀項秋忽然說：「這堂課沒什麼內容，都是摻水的閒聊，所以沒特別告訴你。想聽這些不用來上課，我講給你聽就好了。」

他言語中的沉穩與縱容似乎有股魔力，明琛就像被順毛摸的貓，這些日子以來的浮躁，在這瞬間莫名消停了下來，心裡好像還浮現一種魔幻的虛榮，暗暗想著：看吧，你們這些凡人，都得搶票才聽得到，就我不用。

不過他面上倒是一本正經，開口道：「摻了水也一樣受歡迎，你不知道，公會開課從來沒這麼多人到場過，剛才都圍著不讓你走了。」

紀項秋回想了下，不禁同意：「確實很熱情。」

兩人都笑起來。而後明琛針對方才的課程問了一些問題，他們便就著課中提及的幾個案例，邊散步邊聊了好一陣子。

「都親口說了有犯罪意圖，這還不能報警？」

「保密義務在律師界一直都存在著灰色地帶。」紀項秋解釋：「譬如我的當事人要求無罪辯護，實際上卻已經向我坦承人是他殺的，凶器、動機都交代得清清楚楚，上了法庭，我也只能堅持他無罪。」

見他說得輕描淡寫，明琛忍不住問：「這種事眞的發生過？」

紀項秋笑了下，沒說話，然而笑容中的涵義不言而喻。

明琛感到有點不可思議：「結果呢？那個人眞的被判了無罪？」

「當庭釋放。」紀項秋頷首道：「沒有切實證據，目擊證人證詞矛盾——罪疑惟輕原則。」

無罪推定、罪疑惟輕，這些明琛都聽過，不過還眞沒深入想像過，以爲這是電影中才會上演的情節。

「那你……」明琛說了兩個字，像是覺得不恰當，又閉嘴了。

紀項秋卻理解他的疑問，點了點頭，「我也曾覺得矛盾，覺得愧疚，但看得多了，漸漸就能想明白了。我有什麼理由需要覺得抱歉？人又不是我殺的，退一百萬步來說，我是律師，不是負責評斷是非的人，誤判的人是法官，證據不足是檢方無能。我做了我該做的，沒有愧對任何人。」

這話說得有點狂，可紀大律師也的確有狂的資本，只是平時低調，收斂著鋒芒，並不常顯露。

明琛咀嚼著這一段話，半晌眞心實意道：「你眞了不起啊。」

也不知讚的是他的能力，或者是他的豁達。這下紀項秋反而愣了一下，好像沒想到明琛最後是這樣的結語。

他淺淺一笑，又變回了那個謙遜的翩翩君子，「二、三十歲時我也迷惘過，是人都會有困惑，最終也都會看透，這不代表什麼，就是老了。」

這是他第二次打趣自己老，明琛也笑了起來。

紀項秋又問：「感冒都好了？」

「好了，謝謝紀哥照顧。」

雖然顧著顧著就照顧到床上去了……兩人心照不宣地沒提這件事。

紀項秋調侃道：「你堂堂一個醫師，怎麼就照顧不好自己？」

明琛覺得冤枉，又不是經常生病，只是剛好一次被他撞見了，便瞪著眼睛說：「怎麼就照顧不好了？」

「一下胃痛一下又頭痛。」

「那是……」

「頭髮也不吹？」

「呃……」

「冰箱也是空的。」紀項秋皺著眉頭，如數家珍：「連米缸都沒有米。」

「我不能吃麵嗎……」

「泡麵也是過期的。」

米缸都沒米的窮酸明醫師，已經被紀大律師噎得說不出話。

紀項秋看他臉色憋得像隻河豚，忍不住笑了起來。

男人低沉的笑聲在闃靜的夜色中響起，聽著有點性感，是那種會讓人耳朵懷孕的聲音。

明琛覺得自己沒救了。

可能是他的表情太自暴自棄，紀大律師放了他一馬，大手揉了揉他的頭，「對自己好一點，別讓人擔心。」

明琛被揉頭揉得有點鼻酸，安安靜靜地點頭，像個被老師摸頭的小孩子。

紀項秋中間接了個電話，似乎是聊公事的。

明琛在一旁沒吭聲，悶頭陷入自己的思考。兩人並肩散步的影子在磚地上斜斜拉得老長，中間就隔著那麼幾公分的距離。

明琛低頭看著，心裡有片刻恍惚，想著：是在什麼時候呢？

可能是他生病，這人無微不至地照顧他的時候；可能是飯局那一晚，這人無比認眞地說「你很好」的時候。

也有可能是第一次照面的那一刻，他其實已經不自知地淪陷。

因爲這人太奪目了——耀眼到幾乎刺痛他的雙眼。

耳邊再次傳來紀項秋的聲音：「最近的週末，有什麼計畫嗎？」

身爲一個極其疲乏忙碌的醫療人員，週末還能有什麼計畫，明琛一般補補覺也就胡亂過了。

他搖頭回答：「沒有計畫。」

「都要値班？」

「倒也沒有。」

紀項秋張口像要說些什麼，一個歡快的女聲卻打斷了他們的交談：「明醫師！」

聞聲望去，只見口外學妹向他們快步走來。

學妹今天和平時在醫院的模樣很不同，顯然費心打扮過，看起來清新亮麗。她面上畫著精緻的妝容，身著白色小洋裝，腳踩看來有十公分的細高跟鞋，踩到人怕是能把腳整個捅個對穿。

學妹噠噠噠來到明琛面前，一張小臉紅撲撲的。

「明醫師好！」她與明琛打完招呼才看見了紀項秋，略微吃驚：「紀律師？您、您好！」

紀項秋微微點頭，斜斜望向明琛，表情高深莫測。

明琛不知怎地被看得有點底氣不足：「這位是我們醫院的學妹，她……」

說到這裡他頓了一下，表情尷尬起來，對著學妹問：「抱歉，妳叫……」

最怕空氣忽然安靜。

他記人的能力簡直沒得救。紀項秋高深莫測的表情不見了，變得像是覺得有點好笑。

學妹則是不滿意地嘟起嘴：「我叫郭臻，明醫師不可以再忘啦！」

明琛心想他要能記得超過一天那就已經是奇蹟。

不過學妹也沒真的生氣，又笑著說：「晚宴要開始啦！我們進去吧？」

第七章

宴會廳內擺了數十張圓桌，足可容納上百人。中間留了塊空地作爲舞池，前面高臺上還像模像樣地配了個DJ。

看起來學著國外那一套，但畢竟又沒人像在西方那樣，從小舞會辦得頻繁。舞池中人群稀疏，且多半肢體僵硬，沒誰是眞的會跳，就湊個熱鬧，看過去都有點尷尬。

參與晚宴的人們勢力複雜，除了滿大街的醫師之外，許多是各大醫院或診所聯盟的院長，也有政府醫衛相關的官員，還有新聞媒體業的幹部等等。

眞的專心吃飯的人很少，大部分都端著一杯紅酒在人群中穿梭，到處拓展對自己有用的人脈。就像飛蟲趨光一樣，地位越高或者名聲越顯赫者，就越有人群集中攀談。

紀項秋是其中一道光。

開始來的幾位，他還替明琛介紹著相互認識，幾輪之後發現飛蟲實在是太多，沒完沒了，不想影響到明琛，便暫作分別。

明琛和郭臻就隨便找了一張少人的桌子入座。

斜對側有個位子沒人，可椅背上披著件外套，可能是暫時離席去應酬或者洗手間。剩下的空位，陸續有幾個常明醫院的同事慢慢湊了過來，很快便坐滿了。

幾個人一面用餐，一面偶爾閒談幾句。不一會兒，原本離席的那人也回來了。

竟然是陳言德。

明琛心想：今年怕不是犯太歲喔。

陳言德一邊拉開椅子坐下，一邊和在座幾人簡短打過招呼，然後目光落到明琛身上，一開口就語帶嘲諷：「唷，這不是小明嘛，難得來賞臉啊？還以為你對這種場合都很不屑呢……」

看起來他心情似乎不是太好。綜合各種條件猜測，大概是因為此人想坐院長那邊的「位高權重」桌，卻因為段位還不夠高，被擠出來了。

再加上上回明琛衝著他甩了門，這小心眼的鐵定還放在心上，新仇舊恨加在一起，現在狹路相逢就勢必得找點碴，在眾人面前戳他的脊梁骨。

明琛見怪不怪，神色淡淡地說：「吃飯而已，哪有什麼好不屑的。」

陳言德大概更看不慣他反應淡然，冷笑一聲，又道：「要我說啊，你們年輕人就是眼高手低。理想捧得那麼高有啥用？老用那種自以為清高的態度，在這圈子遲早混不下去。」

陳言德這人在醫院中的評價並不太好，餐桌上的其他人聞言簡直都想翻白眼，但見明琛本人沒什麼特別的反應，就也不便插嘴說什麼，只好悶頭吃菜。

倒是郭臻不太清楚兩人之間的前塵往事，口外是牙科出身，對有些醫科的八卦並不了解，這會看到前輩欺負人，她心裡就有點急。

「你有人家的背景？有人家雄厚的家產？啥都沒有吧，就得殷勤點，得認命，要怪就怪你沒個有錢的老爸。喔，你爸還去世得挺早——」

「喀」的一聲，明琛放下了筷子，張口說：「你——」

「哇！那個！明醫師，我們去跳舞吧！」

郭臻的聲音很大，蓋過了餐桌上所有聲響，以至於全桌的人都看向了她。只見她撐著一個大大的笑臉，眼中含著藏不住的緊張，拉著明琛要起身。

明琛愣了一下，神色露出一點無奈。

有什麼好緊張的，難道他們還能動手打起來不成？

但他曉得郭臻是好意，且拉拉扯扯的也不太好看，遂嘆了口氣，起身跟著她去了。

郭臻有個少女夢，就是穿得漂漂亮亮的，和自己喜歡的人在舞會上跳舞。今天她一整天都在思考，要怎樣委婉地暗示明醫師向自己邀舞呢……結果計畫趕不上變化，這下她一點都不矜持了。

她臉上的懊惱太明顯，明琛都忍不住好笑，「生氣啊？」

現在播的是慢歌，他們搭著彼此的腰和手臂，在人群中慢速旋轉。

郭臻搖頭，噘著嘴說：「那人怎麼回事啊？怎麼那樣說話？」

她的模樣看著比明琛本人都還委屈，明琛笑笑道：「沒事，醫院總是有些怪人，當作沒聽到就好。」

「哪能啊，當作沒聽到他還沒完沒了……」

雖然對這學妹一直沒什麼心思，但有人爲自己出頭，明琛心裡終歸還是有點暖的。

於是他認眞道：「剛才謝謝了，不過下次不用這樣，妳還年輕，有些人不好得罪。」

明琛語氣一認眞，郭臻面上便有些發紅。樂曲換了一首，明琛領著她自然地變換了舞步與節奏。

郭臻訝異道：「明醫師這麼會跳舞呀。」

明琛簡單解釋：「不算多會，單純在國外待過幾年。」

大部分的人都是跟著節奏瞎轉，只有他們跳得像模像樣，還是俊男美女的組合，在舞池中就特別吸睛，宛若表演似的，很多人衝著他們叫好，也有人發出曖昧的口哨聲。

郭臻整張臉都紅了，明琛帶著她閃進人群中，一曲畢後鬆開了手，說道：「去找你們科的坐吧，別回那桌了。」

郭臻愣了一下，「那你呢？」

「我就來露個臉，差不多要走了。」

「那、那我也——」

「學妹，」明琛打斷了她的話，唇角帶著溫和的淺笑，「妳很好，但是，我就把妳當學妹而已……妳明白嗎？」

郭臻整個人怔住了，像是沒想到明琛會在此刻忽然把話說白。她抿起唇，沉默了好半晌，眼眶一紅，有點賭氣道：「我不管，明醫師你一定還不知道我有多好。」她抹了把眼睛，轉身走了，走前還放話：「我還會繼續努力的！」

明琛站在舞池邊不起眼的角落，目送學妹走遠，心中感慨：眞是青春啊。

他保持著同樣的姿勢杵在那兒站了一會，倒不是眞的在看什麼，只是心裡有點煩。他包還放在餐桌椅子上，想走也得先回去拿，又得遇上那老東西。

一個高大的身形靠了過來，往他手裡塞了個什麼。明琛低頭一看，是一杯紅酒，再抬頭一看，是紀項秋。

「在看什麼？」

「沒什麼。」明琛笑了笑，問他：「那些人都打發完了？」

紀項秋心想：管他哪些人呢，再不過來，難道就看你和小女孩和樂融融地跳舞？看你在這裡望穿秋水？

心裡想的是一回事，他面上倒是挺正經，回道：「差不多。剛才看你跳得挺好看，練過？」

「啊……你看到啦。」明琛有點不好意思地笑笑，「也不算練過，只是出國留學那幾年學會了一點，其實也就那幾步，唬唬人而已，更多沒有了。西方人太愛辦舞會，幾乎每個月都要來一次，眞是活受罪……」

他和紀項秋聊了幾句出國留學時的趣事，話語中間啜了口紅酒，一嘗才發現這哪裡是紅酒，根本只是葡萄汁。

明琛哭笑不得地說：「你哪裡找來那麼多果汁啊？」

「我和服務生說，我們這有個小朋友……」

明琛笑罵道：「說誰呢？」

紀項秋也笑了，「沒吃多少東西吧？別喝酒了，反正看起來都差不多。」

「你更沒吃多少吧。你拿的是什麼？」

紀項秋面不改色：「葡萄汁。」

明琛才不信，紀項秋就把自己手中的酒杯遞過來，杯口微傾，一邊說：「眞的。」

明琛一嘴的葡萄味，嗅不太出來，便就著紀項秋的手喝了一口。

還眞是葡萄汁。

再直起身來時，他本來笑著想說什麼，卻忽然發現兩人的距離這下有點近，越過了社交距離。

紀項秋唇角抿著一個笑，看著他，語氣近乎輕柔：「就跟你說是眞的。」

明琛微怔，一時接不上話。

英文的抒情曲唱著款款愛意，方才沒人發覺，這幾秒間的沉默中，忽然刷起了各種存在感，顯得格外清晰。

紀項秋的杯口被明琛碰過的地方，留下了一點濕印。明琛看了一眼，忽然就覺得不能直視。

他移開了目光，所以也沒有看見男人正盯著他染上了深酒紅色的唇瓣，眸光深邃。

紀項秋停頓了一會，張口道：「你……」

「明琛？」

一個聲音打破了這微妙的氛圍。

明琛觸電般地後退了一步，兩人同時轉頭望去。

只見來者是一位英挺的男人，西裝革履，配著一副斯文的細框眼鏡，嘴角帶著風流倜儻的淺淺笑意。

明琛面上一瞬間露出錯愕，而後神情轉淡，說：「蕭傅廷？」

這人卻像是沒注意到明琛態度中的疏離，也可能是注意到了，卻裝作沒看見，嘴邊的笑容反而更濃了一些。

「啊，幾年不見，我還怕你不記得我了呢。你總是記不住人臉。」

「……你怎麼會在這裡？」

「我前陣子剛回國，之後大概也不走了，說不定以後我們還有機會合作。」蕭傅廷笑咪咪地看向紀項秋，「這位是？不介紹一下？」

蕭傅廷的言行其實沒什麼問題，儼然像是久未見面的老友寒暄。

然而明琛就是覺得不自在，也不知是針對這處處透露著親暱的語氣，又或者針對的是這個人的存在本身。

但伸手不打笑臉人，在這種應酬場合，總不能無端找碴，他便簡單替兩人介紹了下。

紀項秋眉心微蹙，從剛剛就在觀察明琛不太尋常的反應，這會視線才移到蕭傅廷身上，不動聲色地說了聲：「原來是蕭醫師，久仰。」

大家都知道「久仰」是場面話，不過紀項秋確實聽過蕭傅廷的名號。此人來頭不小，他是心理醫師，留過洋，三十多歲的年紀便拿了多個博士頭銜。他約莫在半年前回國，還曾被請去幫忙警界破過案，也是各大醫院精神科常轉介、合作的對象。

心理醫師是心理系出身，事實上不算眞正的「醫師」，嚴格來說，應該稱之爲「心理諮商師」。可蕭傅廷頗有本事，大部分人仍尊稱他一聲「蕭醫師」。

「客氣了，紀律師才是鼎鼎大名……」

兩人握了手，一派和和氣氣，不知怎地氣氛就是有哪裡不對勁。

明琛大概沒覺得如何，但也許是同類之間較能夠明白彼此，紀項秋與蕭傅廷在這短短對眼中，都感應到了某種「蹊蹺」。

紀項秋善解人意，不欲多言。蕭傅廷卻沒那麼多顧忌，他在工作上的確專業有才，私底下卻不是個正經人——尤其感情方面。

就見他視線在明琛與紀項秋之間徘徊了幾輪，最後有點曖昧地笑了一聲，語出驚人，「男朋友啊？」

話是對著明琛說的。明琛怎麼也沒料到，這人會在大庭廣眾之下突兀地來這一問，一時錯愕，下意識地否認：「不是。」

紀項秋在一旁沒有說話，明琛竟忽然有些不敢看他的臉。

而蕭傅廷簡直像是特意來添亂的，用玩味的語氣說：「剛才看你們舉止很親密呢，不是男朋友……難不成是砲友啊？」

明琛嘴角抿起，語氣中的溫度降至冰點，帶著警告意味：「蕭傅廷。」

「哎呀，開個玩笑嘛！」蕭傅廷誇張地拍拍胸口，做出鬆一口氣的模樣，笑說：「什麼都不是那就更好啦，我們改天再約出來聊聊？我很懷念之前和你……在國外的那段日子呢。」

「……不必。」明琛面色緊繃，「我並不懷念。」

「你還是這麼絕情啊。」蕭傅廷的臉皮就像是銅牆鐵壁，聞言仍是笑，似乎並不在意。但他大概之後還有事情，也沒再多說，轉而道：「好啦，我就來打個招呼，要先走了。記得啊，改天再連絡。」

語畢，他舉了舉手中的紅酒杯和一旁的紀項秋示意，接著瀟灑離去，像個拍拍屁股走人的縱火犯，留下一陣要命的沉默給明琛和紀項秋兩人。

心大一點的，可能只會覺得納悶，疑惑蕭傅廷在胡說八道什麼？

有心人就會想得更多了，剛才那一段對話實在透露出太多訊息，讓人不免懷疑，明蕭二人過去究竟是什麼關係？又或者他們之間發生過什麼事情？

紀項秋自然不是個心大的人。

砲友。

紀項秋心想：可不是嗎？

蕭傅廷不愧是學心理的，不知到底看出了什麼，哪兒是痛處就往哪兒戳，一戳一個準。

但他仍沒有說話，只是看著明琛。

不曉得是不是錯覺，明琛總覺得，紀項秋在等著自己開口說點什麼——解釋、澄清，或無論是什麼。

從他那一聲否認出口，氣氛就變得有點詭譎。其實明琛也沒說錯，紀項秋確實不是他男朋友。他們之間由一夜情展開，即便嚴格來說現在已不只「一夜」，但那也是空洞的、浮乏的，關係猶如無根浮萍，未曾言及情愛與承諾。

只是冷不防這樣由他明著說出來，就有那麼點刺人。

「我其實不在意別人都講了些什麼。」紀項秋沒什麼表情，語氣仍算是溫和，「問題在於，你就沒有什麼想和我說的嗎？」

明琛微微一頓。

紀項秋似乎望見了他眼中的不知所措，又說了下去：「我自認爲我的態度始終都很明確，你是聰明人，不會不知道我是什麼意思。但是，一直以來你什麼也不說，倒顯得……像是我自作多情了。」

明琛其實懂的。紀項秋無非就是想從他口中聽到一點切實的、明白的回應，希望這段關係能被撥正、被承認，如此而已。

他張了張嘴，想說話，很想，卻像被什麼梗住了喉嚨，一個字也說不出口。

他好似又被那久遠的、無法控制的心慌與不安席捲，無論如何都踏不出那短短一步。而明琛的沉默，看在任何人的眼裡，都像是一種變相的默認。這一陣長久的對視後，紀項秋的眉眼漸漸變得有些冷淡。

「好，我懂了。」半晌，紀項秋點了點頭，淡淡道：「那就到此爲止吧。」

彷彿有一道無形的冰牆橫空降下，豎立在他倆之間。

這其實很奇怪。曾在肉體上無限緊密的二人，兩顆心卻好像不曾眞正地靠近過，如此輕而易舉便能再次變得那麼疏離，變得再不能碰觸到彼此。

於是明琛再也感覺不到這人身上曾有的溫度，再也窺見不到這人哪怕是一絲一毫的情緒。

除去了那單方面的縱容之後，他又成爲了那個進退有度、不露山水的紀律師。

紀律師禮貌地頷首，說：「那邊在找我，我先過去了。」

語畢，他轉身走了，背影與明琛先前的夢境如出一轍，他再沒有回頭看他一眼。

確實有一票人在找紀項秋，大半都是來攀談結交的。

沒野心的人大多不會在這種場合待太久，露個臉就走了，留到最後的要不是單純愛湊熱鬧，就是心中有所企圖。畢竟交情都是喝出來的，喝高了那就沒什麼人交不了朋友。

雖然是醫師聚會，但水準和一般企業公司的應酬沒什麼兩樣，沒有因爲書念得比人多，醉後就比較文雅。

時間越晚，場面就越加喧鬧難看，群魔亂舞，醜態百出。有求於人的到處陪笑敬酒，好色的到處揩年輕女孩的油。資歷淺的伏低做小，說著違心的諂媚；資歷深的頤指氣使，享受各種恭維與伺候。滿室衣冠禽獸。

紀項秋遊走社會多年，其實早就看慣各種場面，不過可能是此刻心情欠佳，覺得看什麼都不太順眼。

他端著彬彬有禮的微笑，實則對誰都不冷不熱，不管誰來敬酒都不接，說自己還有事、失陪，一面慢慢往出口移動，看起來是要走了。

「欸？老紀？」

紀項秋聞聲還未回頭，一隻手臂就哥倆好地掛了上來，與他搭肩走著。

「真難得啊，你竟然會來？」

這人名叫宋惟辰，和紀項秋高中是同班同學，兩人交情甚篤。如今宋惟辰亦事業有成，已是飛翔影視的總負責人，旗下電視臺與報紙網媒都發展得挺火熱。

紀項秋沒吭聲，他現在就像吃了炸藥，一點就著，心想：老紀個屁，你還比我大半歲。

然而他嘴上沒真的說什麼，只是淡淡道：「我要走了。」

「這麼快？我才剛來欸——」

宋惟辰有著大剌剌的爽朗性格，倒也不覺得紀項秋冷淡或如何，他學生時期胡鬧的時候，紀項秋多半也是用這種態度翻他白眼。此人本就話少，兩人哥兒們多年，早就習慣了。

宋惟辰的確剛來。人到了一定的社會地位後，出席這種場合就沒有在準時的。不過這對他而言也不是什麼重要的局，難得遇上好友，還不如跟他單獨去喝兩杯。

於是兩人一起往門口走去。

宋惟辰一臉「我知道有八卦」的樣子，興致勃勃地問：「所以說你怎麼會來啊？你又不喜歡這種場合。該不會是來找那個誰？你上次跟我打聽的那位小醫師？」

紀項秋的確向他打聽過明琛。

早在林老的火鍋飯局後，紀項秋便想了解三年前那椿醫糾案的始末，問的就是宋惟辰。

飛翔時報當初深入調查過這起案件，除了明面上的官腔報導之外，真相其實不難打聽，私底下早已經查得一清二楚。

紀項秋只是請宋惟辰調個資料來看看，這人不愧是做新聞的，直覺敏銳，一眼看穿紀項秋對明琛別有用心。

而且宋惟辰這話說得也沒錯，要不是遇到了明琛，紀項秋現在根本不會出現在這裡。

他懶得回答，宋惟辰還逕自沒完沒了：「那他人呢？你們進展到哪啊？要不叫上他一起走？」

紀項秋終於斜眼看他，眼神風雨欲來。

宋惟辰從他眼神中領悟出了什麼，「欸？還沒追到嗎？你這條件不應該啊……難道是醫師比較高冷？難追？」

紀項秋完全不想理他了，覺得這人怕不是欠揍。

宴會廳規模頗大，光是走往門口的這段路上，紀項秋就已經被數群人攔下了數次，走走又停停。

別人看不出來，宋惟辰卻有點心驚，隱隱感覺自己這位好友可能正在爆發邊緣，卻還是有特別不識相的傢伙偏要撞上來。

陳言德遠遠看見紀項秋，便馬不停蹄地趕過來了，從人群中擠出一個位置，笑咪咪地衝著紀項秋伸出手，「紀律師，久仰大名，我是常明醫院整形外科主任，敝姓陳。」

按照正常的應酬流程，現在應該互相握個手、交換張名片，彼此吹捧客套兩句結束這回合。

但紀項秋沒有。

他的眼神原本有些漫不經心，這會卻完全落到了陳言德身上，看得頗爲專注，不過也不是什麼讓人舒服的眼神，像在打量什麼不乾淨的東西。

「陳醫師。」紀項秋點點頭，沒伸手，輕聲說：「我也是久仰。」

儘管陳言德的手懸在半空中有點尷尬，聞言還是一喜，沒聽出紀項秋語氣不對，還覺得自己挺知名：「紀律師認識我？」

「認識倒談不上。」紀項秋笑了一下，淡淡道：「只是覺得像您這樣的人，的確得和律師打好關係，說不定哪天就進去了。」

「進去」擱律法行業這兒，指的就是坐牢。

紀項秋的神情和姿態非常客氣，然而話語的涵義極其鋒利。陳言德一愣，幾乎以爲自己聽錯了。

宋惟辰跳出來打圓場：「哎呀，紀律師他不是這個意思——」

「就是這個意思。」紀項秋完全沒領情，「字面上的意思。」

現場一陣尷尬。

陳言德現年四十，其實還比紀項秋大上幾歲，心裡罵了幾聲沒大沒小的兔崽子，明面上仍是不敢得罪。

他擠出一個笑容，「誒，是不是有什麼誤會，還是哪邊冒犯了紀律師？我先賠罪啊……」

「沒什麼冒犯。」紀項秋淡漠地打斷，又補充：「我就是對人有點潔癖。」

這個圓場怕是誰都打不來了。

陳言德不知道紀項秋和明琛認識，所以也想不明白自己到底何時得罪了這位大律師。只能姑且猜測，或許是自己背地裡一些不太乾淨的小動作被聽去了些許，人家瞧不起自己呢。

他一臉尷尬，笑容都撐不住了，在這麼多人面前有點下不了臺。

所幸紀項秋大概也不是很想同這種人多費唇舌，再度邁開步伐，擦身而過時拍了一下陳言德的肩膀，意味不明地說了句：「好自爲之。」

語畢也不等人反應，逕自走了。

宋惟辰留著打哈哈了幾句，緩和了下氣氛後才忙跟了上來，驚得合不攏嘴，對紀項秋這「不圓滑」的應對很是訝異：「哇，秋啊，你在幫你那位小醫師出氣嗎？」

聽此人講話就是一種精神汙染。紀項秋理都不理，悶頭前行。

宋惟辰倒是很能自得其樂，上前一把搭住他的肩膀，歡快地說：「好了，先放下那位小醫師。剛才沒吃飽吧？續攤啊，哥兒們給你出出主意！」

✦

明琛回到餐桌上，陳言德已經不在了，可能正到處去敬酒。大部分人都不在位子上，要不是去交際，要不就是走了。

他心煩意亂，有點失落，也有點沮喪，又似乎有一種病態的心安。

心安。他在心裡笑了一下，想著自己眞是有病。

他拎起包往外走，半路遇到了王苑如。

她方才不知坐在哪桌，現在也正好想離開，對著明琛問道：「你也要走了？開車來的嗎？」

明琛搖頭說：「叫車。」

「我也是。」王苑如提議：「你也去醫院那邊吧，一起坐一輛？」

明琛同意了。

不出門不知道，原來外面又下起了大雨。車流壅塞，大門旁還有很多人也等著叫車，排起了一串長長的隊伍。

明琛抬頭看著大雨瓢潑，覺得連老天都他媽在跟自己作對，心裡很煩。

他們在屋簷下站了一會，見那隊伍沒怎麼要縮短的意思，雨點還時不時斜飛進來，王苑如又問：「街口那邊有間咖啡店，我們先去那邊坐坐？」

明琛失魂落魄的，沒什麼意見，王苑如便撐起了一把傘，拎著他走了。

王苑如顯然有話要說，而且可能憋了好些天了。

她今天也特別打扮過，一頭大波浪捲的長髮放了下來，身上穿著黑色的平口小禮服，露出胸口一道深谿。比起郭臻的清新可愛，王苑如顯得更加冷豔成熟，氣勢逼人。

他們一人一杯黑咖啡，對桌坐著。

明琛有些心不在焉，單純在等雨停，或等車潮疏散，壓根沒注意到王苑如一直沒話找話，還經常欲言又止。

譬如說，她問：「我以爲你和口外那學妹一起來的。」

明琛回答：「沒有。」

王苑如就應了聲：「哦。」

類似這樣的對話重複了好幾輪，也沒見明琛多問一句「妳到底想說什麼」，王苑如細心敏銳，知道此人今天心思不在，便不動聲色地轉了話題，聊起別的。

「如果是我的話會先化放療，不然那範圍太大了，難切。」

「我也是這麼想。」

「話說回來，最近醫院好像換了藥商？」

「我有發現。我很多病人都說舊藥效果比較好……」

兩個正經醫師湊一起聊天，沒什麼情調可言，後來不知怎地都在交流手頭病人的狀況。

「對了，我這邊有個病人，右腿大範圍植皮，但我手上刀實在排不進去，妳那邊能接嗎？」

「可以，你再把病歷號寫給我。」

明琛便打開包，抽出一張住院清單，直接遞給王苑如，「這裡，倒數第三個。謝了。」

王苑如酷酷地說：「不用謝。」

明琛本要把包的拉鍊再拉上，卻驀地瞥見了包裡一本白色封皮的書籍，視線停佇了幾秒。

王苑如順著他目光看去。

「嗯？那是小說？」

明琛剛才被病人狀況占據心思，好不容易暫時沒想紀項秋，這下那一團亂麻又立刻浮現了。

他點點頭，有點發愣，「啊，下午上課有獎徵答的獎品。」

王苑如來了興趣：「哦，紀律師的課？我可以看看嗎？」

當然沒什麼不能看的。明琛便把書抽出來遞過去，王苑如此時也沒法細讀，只能粗略翻翻，偶然打開扉頁時「咦」了一聲。

「有簽字呢，你有看到嗎？」

明琛一怔，把書接了過來，入目所見的是一手非常漂亮的硬體字，字跡行雲流水。

看見山時，你在山之外。看見河流時，你在河流之外。如果你能觀照你的痛，你便開始自痛中解脫。

而後是龍飛鳳舞的三個大字——紀項秋。

他的筆劃鋒利，字裡行間卻盡是溫柔，像一個令人措手不及的偷襲，情感滿溢而出，幾乎將人淹沒。

「我看過這首詩，是一個現代詩人寫的，忘了名字。」王苑如笑著說：「是很治癒的詩，紀律師有心了。」

明琛拿著書，一時語塞，雙目像是被那字句灼痛，手指都在隱約地顫抖。

他的沉默讓王苑如有些疑惑，還沒來得及問，就聽明琛忽然道：「我得……我得先回去。」

王苑如傻住了，見明琛把東西都塞進包裡，一貫清冷自持的面上此時透露著焦急，眼眸中各種複雜情緒交錯，似有一抹懊悔。

「對不起，妳先自己叫車吧，不要等我了，抱歉。」

語畢，也不等王苑如回應便轉身離去，他推開咖啡店的大門，跨入雨幕中狂奔。

雨太大了，幾乎是轉眼間，他整個人就徹底濕透。雨點打在臉上，有一點疼，他覺得有一點想哭。

他不知道紀項秋走了沒，他們也沒存彼此的電話。都奔三的年齡了，還在暴雨中跑得跟演連續劇似的，他想哭之餘又覺得想笑，腦中想的是方才紀項秋似冷淡又似失望的表情。

明琛心想：我太差勁了。

他的心中有結，也明白自己仍未想通，但此時此刻，他只是想著不能讓人那樣走。

回到飯店門口時，明琛正好看見紀項秋站在屋簷下，他們中間隔著一台轎車，紀項秋微微彎腰，像是正要上車。

明琛杵在雨中怔怔站著，隔著一段距離看著對方，略顯無助。而紀項秋終歸還是注意到了他，動作微微停頓。

明琛眼睛亮了亮，雙唇微張，一聲呼喚就要出口——然而這一回，對方似乎不再留給他說話的機會。

隔著一片漆黑雨幕，紀項秋神情難辨，好像沒什麼表情，又好像冷淡得有幾分陌生。他的視線只在明琛身上停留不過片刻，短暫的像是錯覺，下一秒便視若無睹地彎腰上車，將車門「砰」的一聲關上了。

而後車子發動，在明琛愣怔的視線中絕塵遠去，徒留他獨自一人站在這場暴雨之中。

「那個人是不是……」

轎車裡，開車的人是宋惟辰。他也瞥見了站在雨中的人影，實在覺得有點眼熟，一邊開車一邊忍不住欲言又止。

紀項秋坐在副駕，臉色沉沉地望著車窗外飛快退後的雨中街景，眉頭微蹙，並不說話，搞得宋惟辰一時都不敢再八卦下去。

不過車內的靜默很快被打破，紀項秋的手機響了起來，他拿起來瞧了眼螢幕，面容一肅，像是回到了工作模式，接起來說了聲：「余檢座。」

宋惟辰聞聲瞥過來一眼，沒講什麼，但表情浮現意外。

他耳聞過這位余檢座。此人名叫余舜星，年紀與他們相仿，和紀項秋算是工作上的老相識。

余舜星是一位能力出色的檢察官，在庭審中偶爾會與紀項秋遇上。若兩人恰好立場一致也就罷了，倘若站在對立面，交互詰問往往極其刁鑽毒辣、詭譎莫測，屢次都在法庭上掀起一陣腥風血雨，鬥得難分難捨。

兩人亦敵亦友，在法院多年打交道下來，多少還是有些棋逢敵手、互相欣賞的意思，不過彼此並不算太熟，私下也沒有過多交集，因此宋惟辰有點訝異。

電話那頭，余舜星的語氣頗有幾分得意洋洋：「紀大律師，你拜託我查的那些事情，最近可是有不小的進展，這下你可是欠我一個大人情啊。」

「我拜託你？」紀項秋嗤笑道：「你們檢調早就盯住他們很久，就是一直缺個由頭徹查，當我不知道？」

余舜星「嘖」了一聲，「這都瞞不過你的耳目？」

「反倒是我提供了那麼多證人和情報，你才應該想想要怎麼回報我。」

余舜星被說得一噎，乾脆扯開話題，談起了「正事」。

「你指出的那幾家廠商確實有問題，光是醫材綁標在這兩年內就已經有好幾起，恐怕早就是常態了。」余舜星似乎邊說邊正在快速地瀏覽資料，話筒傳來紙張翻頁的唰唰聲。

「除了這些，還有藥品。」

「藥品？」

原來是幾個月前有人看見常明醫院的某幾位院方高層，與一間藥商公司經理一同出入會所，之後沒過多久，醫院的指定用藥廠商就換了。

「我們打算從這邊切入，目前鎖定了一些人，繼續往深入去挖，應該還能牽連出更多機構。」余舜星冷哼道：「這一窩都不是什麼好鳥，這次不把他們整盤端走，媽的我就改跟你姓……」

紀項秋不鹹不淡地「嗯」了一聲，又說：「還有需要什麼再告訴我。」

聞言，余舜星忽然頗覺有趣地笑了起來，調侃道：「不過，我們紀大律師什麼時候變成這樣的一個……善心人？竟然會幫著檢調去弄這些事情，還是這家醫院惹著你了？」

「與你無關。」紀項秋語氣冷淡：「做好你的事就行了。」

「嘖，你可眞是不討喜。」余舜星嫌棄完，轉而問道：「過幾天我會親自跑一趟，還有些問題要釐清。你這麼關切這件事，要不要一起來？」

紀項秋知道他嘴上說得好聽，實際上就是想多撈個免費勞動人口，但他也沒推託，淡淡應了聲：「可以。」

他們都是資深的法律人，交流得挺有效率與默契，一通電話沒說多久就掛斷了。

然後，一旁駕駛座上的宋惟辰終於沒忍住好奇，問道：「你想弄這家醫院啊？」

紀項秋聳聳肩，沒有否認。

「要不要我幫忙？」

宋惟辰很清楚紀項秋的性格。若紀項秋的心情被惹得不舒爽，勢必就有人要倒大楣了。

他自己也不是個安分的傢伙，興致勃勃地提議：「這種事情還是得靠輿論壓力，幹他們那行的人都在意名聲。如果你手上有料，我給你報一個大的，獨家，後續在網路上推波助瀾一下，一人一口唾沫馬上就能淹死他們……」

紀項秋做事向來都是雷厲風行、手段俐落，一旦看準獵物，出手絕不拖泥帶水。偏偏走司法程序往往需要費上不少時間，宋惟辰的提議確實是加速發酵的一個辦法。

紀項秋卻在此時想起了明琛。

這人曾和他說過，自己還有個妹妹病著，就住在這間醫院裡，暫時不好離開。

「……不急。」於是紀項秋沉默片刻，說出了與他過去調性很不同的話：「先慢慢來吧。」

「哦，行吧，之後有什麼要幫忙的，別客氣啊。」宋惟辰看著前方，把著方向盤問：「現在往哪邊去？熱炒？還是居酒屋？」

「隨便。」

「居酒屋好了，有一家店剛換新菜單，我還一直沒找到時間去試試……」

紀項秋已經沒什麼注意在聽。一想起明琛，他腦中便再次跳出方才雨中的那個身影，心頭微微升起一陣煩亂。

剛才他看到明琛大病初癒又淋雨的舉動，實在是感到有點火大，可又覺得自己有什麼資格管？就如蕭傅廷所言，他們之間的關係「什麼都不是」。

這話說得可眞夠扎心，但最讓人難受的，還是明琛近於默認的態度。

紀項秋又想起了他們在酒吧的初識。

那時候他還想不明白，他們一開始談得好好的，氛圍和諧平靜，明琛卻在最後忽然變了態度。他甚至還猜測過，莫非這人是仇富？針對他當時戴在腕上的手錶。

後來紀項秋漸漸懂了。明琛其實是一個深陷泥沼的人，對所有投注過來的、探究的目光，都下意識地帶著敵意與警戒，不甘示弱地豎起了螫人的尖刺，藉以遮掩自身的狼狽。

他本以爲，自己已經足夠了解這人。

但終究還是他過分自負了。

第一次挑釁般的性事邀約，他始終覺得是明琛的一時意氣，如今不禁開始懷疑，說不定這本來就是明琛想要的——一段不談情愛、不談責任，一段更接近於床伴的關係。

紀項秋嘆了口氣，神態難得地顯露出一絲疲憊。

✦

宴會廳的另一角，最「位高權重」的那一桌，小李十分侷促而格格不入地坐在其中。以他的輩分與階級，這種位子原本輪不到他來坐，他也一點都不想坐，都是被迫跟著直屬老闆劉立洋一起過來的。

身爲大外科主任，劉立洋此人好面子，講究排場，每每遇上這種場合，都會直接「欽點」一、兩位住院醫師跟著來，讓人像個小太監一樣在旁伺候。明明這都是下班時間了，從來也不管人家累不累、想不想休息，或是有沒有什麼私事。

於是小李戰戰兢兢地陪坐在劉立洋旁邊，勤勤懇懇地幫他添酒夾菜，偶爾替他遞出名片，劉立洋簡直像自己沒手似的。若暫時不需要伺候，小李就像鵪鶉一樣縮成一小隻，飯都沒吃上幾口，只想盡量消除自己的存在感。

情。

在座大多是醫界大佬，也有政府官員，飯桌上談笑風生，年齡層偏高，沒小李什麼事

偏偏還是有人注意到了這位寡言的年輕人。

一個中年男醫師忽然哈哈笑問：「劉主任，你帶來的小朋友怎麼都不講話？」

大家都喝了酒，興致很高，嗓門也變得有點大。小李幾乎驚了一跳。

其他好幾人也看了過來，另一人用關心晚輩的語氣問道：「這麼年輕，是住院醫師吧？今年第幾年了？」

其實這不是什麼難答的問題，但頂著這麼多人的視線，小李就很想躲起來，講話都帶了點結巴：「第、第三年。」

劉立洋素來很看不慣他忸忸怩怩的樣子，冷哼了一聲，若非現在是在大庭廣眾之下，他大概又要衝著人開罵了。

「我看你好像都沒什麼動筷？」那人又對小李說：「吃飯啊、喝酒啊，別客氣欸！」講到「喝酒」這個關鍵詞，大夥兒又舉起酒杯，互相碰了碰：「來！乾一個！」

那個中年男醫師拿起紅酒瓶，不由分說地伸手過來，將小李的杯子也倒滿了，聲如洪鐘道：「喏，你也喝！不用害羞！」

小李有些惶恐：「我……我酒量不好……」

這倒不是推辭，小李酒量一般，也不喜歡酒的味道，因此從不沾酒。但這種應酬場合哪容得了推託，尤其他還只是個毫無背景地位的小輩。

可能是覺得小李丟了自己面子，劉立洋訓斥：「喝酒而已，那麼多理由？別像個娘娘腔一樣。」

小李被他訓得一抖，臉色都有點蒼白起來，那模樣看著可憐委屈，有人調笑道：「劉主任還是這麼凶神惡煞啊。小朋友，在他手下工作辛不辛苦？」

這簡直是送命題。劉立揚脾氣火爆，在醫院三不五時就要對他破口大罵，盛怒時甚至也動手過，小李因此一直以來都極其怕他。面對這問題，小李答也不是，不答也不是，只好支支吾吾地垂頭去喝酒了，一連被逼著續了兩、三杯，才姑且被放過。

這場讓人身心俱疲的飯局，持續到超過十點才徹底散場。小李恭送著劉立洋往大門外走，喝了酒的腦袋有些發昏。

他其實有事情要和劉立洋說，在心裡已經打了多次草稿，卻一直拖拖拉拉不敢開口，兩人都已經走到飯店門外、即將分別時，小李才終於不得不鼓起勇氣。

「主、主任，我下禮拜三想要……請一天假。」

請假而已，分明不是多大的事，劉立洋聞言卻是皺眉，「這一陣子刀量很大，你有什麼事都先緩緩，不要請在下禮拜。」

他竟是不由分說地直接駁回了。

小李有點著急：「可、可我眞的……有重要的事情……」

劉立洋似乎根本沒想要聽，逕自彎腰上了面前的一輛計程車，回頭過來，對著站在屋簷下的小李冷冷說：「能有什麼事？年輕人不要老是想著要休息、要輕鬆，這些都是你學習的機會，不積極一點，要怎麼進步？你覺得自己現在很優秀嗎？以後要怎麼獨當一面？」

小李就不是會回嘴的性子，面對這位強勢又刻薄的上司，每次都只能被訓得啞口無言。

劉立洋想起什麼，又道：「還有你的口才也要練練，大方一點，酒量也是，不要每次出來都給我丟臉。」

語畢，他連聲招呼也沒打，就直接關上車門，乘車走了。

小李叫了另一輛計程車，有些失魂落魄地回了家。

李家家境富裕，住宅也頗爲寬敞氣派。小李與管家靦腆地打過招呼，便先上樓回房了，坐在床上捏著手機發愁。

沒等他愁出一個結論來，手機倒是先響了。他手忙腳亂地接起，小心翼翼地說：「喂？」

「睡了？」

聽見對方的聲音，小李一整日緊繃壓抑的情緒終於舒緩了些，軟聲道：「還沒，剛到家呢。」

他們閒聊了一會，那人似乎發現小李的狀態隱約不對，主動問道：「怎麼了嗎？你心情不好？」

小李張了張嘴，有些不知如何開口，半晌才小小聲地說：「下禮拜三的假……我沒有請到。」

電話那頭沉默了下來。

小李慌忙道：「對不起，你……你別生氣。」

「……我沒有生氣，只是，」他嘴上說著沒有生氣，但聲音透露出很明顯的不高興，「都說好那天我生日，要一起出門，行程我都排好了。」

「對不起。」

「是我爸不准假？乾脆我直接去跟他說……」

「不、不要吧。」小李被嚇到了，「萬一他……他會不會發現我們的關係？」

「發現又怎樣？」就聽電話那頭的語氣更不高興了，「你爲什麼總是這樣，怕東怕西的。」

小李一時啞口無言，他怕的其實不是兩人的關係曝光，而是怕影響到他們父子之間的感情罷了。可他嘴笨，解釋不出來，只能吶吶地道歉。

但對方似乎更不想聽到他不停地道歉，嘆了口氣道：「算了，先這樣吧。我睡了，再見。」

其實這整段對話算不上是爭吵，對方也確實沒有多大的火氣，只是很明顯的失望。

他又讓人失望了。

掛斷電話以後，小李怔怔地呆坐了片刻，忽然有點想哭，心裡想著：好累啊，我好累啊。

他也不知道自己爲什麼會這麼差勁，好像永遠也達不到任何人的要求。他很討厭這樣的自己，毫無價值、毫無優點。

有時候他也會覺得，自己的存在好像就是一件……讓他感到很抱歉的事情。

負面思維鋪天蓋地而來，像是冰涼黏膩的沼澤，將他緩緩包圍。直到窗外雷雨轟隆一聲，才讓他猛地回神。

他想起來，因爲最近實在太忙太累，好像有幾天忘記吃藥了，於是連忙起身，去到了書桌前。

然而拉開抽屜時，本應放在裡面的藥片卻不翼而飛。

他定定在那兒呆站了一會，逐漸白了臉色。

小李在書房找到了母親，小心翼翼地問道，「媽，妳拿走我的……藥嗎？」

李母是位嚴肅又講究的女士，對待自己的獨子向來十分嚴格、控制欲很高。會去翻動檢查小李抽屜的人，想來也只有她了。

她本來正在桌前敲著鍵盤，聞言，一把將筆電闔上，看了過來，冷聲說：「你還敢來問？」

小李被她的怒火嚇得一顫。

「要是我沒去看，都不知道你在吃那種東西！你到底在想什麼？」

她站起身來，叉著腰走近，越說越生氣。

「大家都一樣辛苦，不要隨便遇到什麼挫折，心情不好了，就在那邊瞎喊著自己有憂鬱症，你是草莓族嗎？還看精神科？也不嫌丟人現眼！」

小李頭暈目眩地站著挨罵，思緒幾乎開始有些抽離恍惚。

「你很委屈是不是？我們花這麼多心血把你栽培長大，你就這樣回報父母？把自己裝成一個神經病？」

大概是今天接收的負能量實在太多了，也可能是耐不住酒精的緣故，他的思維一團漆黑雜亂，像是有人拿著一支筆在他的腦子裡塗鴉，在密密麻麻地重複寫著「好累啊」。

好累啊好累啊好累啊好累啊……

責罵好不容易到了一個間隙，小李艱難地問道：「那……藥呢？」

李母的回答讓他更加絕望：「早就沖進馬桶了。」

不等小李反應過來，她又耳提面命地說：「你可不准讓別人知道這種事情，省得讓人覺得我們家裡人都有病。聽到沒有？」

小李垂下頭，藏住自己紅了的眼眶，吶吶道：「……聽到了。」

第八章

明琛發現，一直以來他都是消極被動的那一方，撇除掉紀項秋的有意爲之，兩人根本沒有什麼見上面的機會，生活圈幾乎沒有半點交集。

紀項秋就這樣輕而易舉地淡出了他的世界。

這個認知讓明琛感到惶惑，讓他在接下來的日子都過得惴惴不安、沒精打采。

這幾天他想了很多，囤了一肚子的話想和紀項秋解釋，卻還沒想好要怎麼聯繫對方。有些話不當面講似乎顯得不夠正式，但若直接殺去律所找人，又感覺有些太過唐突。

他就這樣在心裡猶猶豫豫、反反覆覆，自我折騰了幾天也沒能理出個辦法。

大抵情愛就是如此。再怎麼聰明理智的人，一旦動了眞心，就會變得瞻前顧後、患得患失。

明琛心神不定地上了幾天班，週五時，機會意外降臨。他下班前去查房時，碰巧遇上了負責莊先生工傷案的小吳律師。

兩人在病房外的電梯間對上眼，都認出了彼此，互相打了個招呼。

明琛左右看看，沒發現紀項秋，勉強掩下心中的失落，笑笑問道：「來處理案子的事情嗎？」

小吳律師卻說不是，揚了揚手邊提著的水果禮盒，解釋：「單純探病而已，只是想來看看他們。」

初入社會不久的小吳律師，對自己人生中的頭幾個當事人難免會覺得意義非凡，因此而格外上心。尤其莊先生一家人的處境委實引人同情，小吳律師是個實誠熱心的年輕人，便想盡可能多幫點忙。

但這幾日的天氣依然不好，雷雨交加，在室內就能隱約聽見外頭滂沱大雨的聲音，偶爾炸響幾聲悶雷。這種天氣即便撐傘也很難完全倖免於難，小吳律師的褲腳和鞋子都有些濕了。

明琛不禁道：「有心了。」

「唉，他們也不容易，我有空就過來看看囉。」

眼看對話即將告終，明琛終於還是沒忍住問了句：「紀律師今天沒和你一起來？」

「哦，他——」話還沒說完，電梯那頭傳來叮一聲，小吳律師目光移過去，伸手指了指，接著道：「來了，在那邊呢。」

明琛跟著扭頭，正好看到紀項秋從電梯走出。紀項秋也望見了他，足下一頓。

兩人分明不到一週未見，此時乍一相逢，明琛卻莫名有種恍若隔世的感覺。他張了張嘴，還沒來得及說話，紀項秋身後又走出來一個人。

「欸，我外套都濕了，你停車就不能停近一點啊？等等，你幫我拿一下包。」

那是個長相俊秀斯文的男人，看起來應該和紀項秋差不多歲數，邊發牢騷邊甩著手上的西裝外套。

小吳律師恭敬地打了招呼：「余檢座。」

余舜星聞聲看了過來，暫且停下牢騷，友善地笑了笑：「你好啊。」

「你們忙，我先去探望莊先生。」小吳律師同他們說完，又轉回來和明琛道別：「明醫師，再見了。」

明琛愣愣地應了一聲。小吳律師轉身走了。

「那是你們家的小律師啊？我都快認不出來了。」小吳律師一走，余舜星就沒那麼正經了，用手肘捅了捅紀項秋，笑道：「還是你們那邊好啊，一個個一表人才、光鮮亮麗的。等我哪天離職了，也跳槽去你們那邊好了……」

余舜星有一雙微微上挑的桃花眼，不笑時還好，一笑起來就跟妖孽似的，看著多情又勾人。且他有一種慵懶隨興的氣質，渾身沒骨頭般，歪歪地站在紀項秋身邊，談笑風生，莫名就讓他們顯得有些親暱，甚至紀項秋還幫他拎著公事包，彷彿幫女孩拎購物袋的男朋友。

這幕畫面落在明琛眼中，讓他心口隱隱有些發酸。

余舜星並未察覺明琛注視的目光，拍了拍紀項秋的背，一邊東張西望地說：「好了，走吧走吧，時間寶貴。藥局在哪裡啊？」

紀項秋像是回過神來了，他什麼話也沒說，只是向明琛淡淡一點頭，而後邁開步伐，和余舜星並肩走了。

擦身而過時，明琛甚至還能聞到男人身上曾經無比熟悉的冷香，卻稍縱即逝，難以捕捉。

他本來明明都想好了，下次再見面時，一定要好好談談。未料光是紀項秋一記冷漠的眼神，以及一名不知關係的親密人物，就能將他好不容易攢起的勇氣瓦解殆盡。

或許這本來就是遲早的事情。

生命中總會遇上許多過客，來了又離去。這樣一個耀眼奪目的人，怎麼會爲了他而停留？

明琛在原地呆站了一會，才邁出腳步，機械性地繼續將剩下的病房巡完了。

經過最後一間病房時，他聽見了陣陣咳嗽聲，下意識地轉頭往裡面看去。

薛鳳珠越來越消瘦了，咳血的症狀也越來越嚴重。此時她在病床上沉沉睡著，氣若游絲、面容枯槁，好像隨時都可能要熬不住，就這樣孤身一人，在這樣一個小小角落，靜靜地撒手離去。

人活一生，或許本就是如此，孑然一身地來……孑然一身地走。

明琛遙望片刻，心頭莫名升起一種極大的慟意，緊隨其後的，是一股近乎怨恨的不甘心。

他想起老婦人精神還不錯時，曾笑著這麼勸過：「喜歡就得追啊，用力追！哪這麼多顧忌……別等人家眞的跟別人跑了，那可就晚囉！」

他忽然紅了眼眶，抿起唇，扭頭往紀項秋離開的方向追了上去。

紀項秋和余舜星後來還是分開走了。

外頭天色已暗，風雨交加，誰都想早點把事情辦完回家，二人又不是交情多深，沒必要膩在一起浪費時間。他們商量了一下，決定分頭去問事。

紀項秋前腳剛走，余舜星就聽到身後答答腳步聲由遠而近，回頭一看，是個不認識的陌生醫師。

明琛跑得氣喘吁吁，眼眶泛紅，像是忍著淚意，語氣卻十分強勢嚴厲，一個氣場全開的狀態：「紀律師呢？」

余舜星一時都被他鎮住了，下意識指了指樓梯間，愣愣地說：「剛剛下樓了。」

得到想要的答案，明琛不再理會這個妖孽，一陣風般跑走了，留下余舜星在原地一頭霧水。

明琛追得不算太晚，剛進入樓梯間，往下便看到了紀項秋的身影，就在半層樓下，他張口喊道：「紀——」

窗外一陣白光閃現，聽起來極其靠近的一聲轟隆雷鳴打斷了他的喊聲，也不知閃電落在了何處，燈光閃爍了兩三秒後，忽然全數熄滅，整個樓梯間陷入一片漆黑。

「……哥？」

醫院都有備用電源，確保跳電時不至於對醫療造成嚴重影響，不過電力會優先供給重要的手術及維生設備，像樓梯間這種較不緊急的電燈照明，就還得再等一陣子。

眼睛被雷光閃了一下，一時難以適應黑暗，明琛如同瞎子摸象，在漆黑中無助地向前摸索著。

「紀哥……你在嗎？」

他的呼喚始終沒有得到回應，也看不清紀項秋到底還在不在那裡。他不死心地摸索著下樓，才下兩階就不小心踩空，伸手胡亂抓了一把，攀住一旁的扶手，才堪堪撐住了身子，折騰出一陣不小的動靜。

在令人窒息而絕望的黑暗中，他終於聽見了一聲嘆息。

「別動了。」是紀項秋的聲音，「等電回來吧。」

雖然讓人別動，但他自己倒是慢慢地拾級而上，到了明琛身旁，將人給拉起來站穩了，而後不冷不熱地問：「有話要說？」

明琛似乎在醞釀措辭，沒有立刻開口，而紀項秋實在已經厭倦了他的沉默，又淡淡說：「如果沒事——」

正想抽手回來時，他的指間接住了一滴落下來的水滴。

紀項秋微微一頓，止住了話頭。他在黑暗中仔細凝望著明琛的輪廓，在倏忽閃現的雷光中，終於看清了這人面頰上已然遍布的淚水。

紀項秋是個心裡有傲氣的人，無論事業或感情，或者任何方面上皆是如此。他自覺早已過了那種愛得死去活來、非誰不可的年紀，合則聚，不合則散，他不會強求，也不會低聲下氣地挽留。

然而看著眼前這人無聲流淚的模樣，那麼無助又委屈，他發覺自己已沒辦法再像過去那樣，離開得從容又灑脫。

這大概是紀大律師第一次對一個人感到束手無策，毫無原則。

他像是徹底屈服了，長長地嘆出一口氣，不再端著冷漠，軟下聲音問道：「到底怎麼了？」

「我……」

明琛開口講了一個字，才發覺自己竟已哽咽。他喘了一口氣，本想像平時那樣笑一下，想讓氣氛輕鬆點，眼淚卻唱反調似地掉得更凶了。

他抬手胡亂地抹淚，又像是怕擦淚時紀項秋會忽然跑掉，另一手緊緊地抓住了對方的衣角。

「對不起，我、我不是故意弄成這樣……」

他說出來的話語很凌亂，自己都不清楚自己想表達什麼，只能從兩人初識開始一條一條的理。

「一開始，在酒吧那時候，我只是心情很差，不是有意那樣說話……對不起。後來是……覺得你太好了。

「我和蕭傅廷也沒什麼，在國外認識，交往過，不到一個月……可能兩週而已，早就分了……他這人腦子有問題。我不是……我不是把你當炮友。

「不是炮友，紀哥，我……我後悔了，可我不敢說……」

紀項秋很有耐心，明琛磕磕絆絆地說，他就安安靜靜地聽。

等到明琛終於詞窮了，說不出話了，他才伸手撫上明琛帶淚的臉頰，問道：「爲什麼不敢說？」

神情語氣仍是如此寬容，如此平和。

那份溫柔終於將明琛長久以來豎著尖刺，藉此自我保護的外殼，摧毀得體無完膚。

於是節節敗退，潰不成軍。

「我怕……我怕我留不住你……」他的聲線顫抖破碎，幾乎泣不成聲，「我很……糟糕，我誰都留不住……」

過去累積的苦楚似乎統統傾洩在這一刻，多年來積攢的眼淚全面潰堤。明琛緊緊抓住紀項秋的衣角，在他的面前徹底崩潰，哭得像是個孩子。

彷彿在這一刻，他才後知後覺地意識到，原來自己有這麼委屈。

紀項秋的臂膀終於再次擁住了他，任由他在自己懷裡痛哭，眼淚沾濕了衣襟。他低頭，雙唇貼近了明琛的耳朵。

「是你的就是你的。」那聲音無比溫柔，「不需要留。」

當樓梯間電力回復、燈光再次亮起時，明琛還埋在紀項秋的肩窩上，幾乎有些沒臉抬頭。

他不動，紀項秋也沒動，但像是感應到了他的難爲情，紀項秋大手揉了揉他的後腦勺，問道：「還哭嗎？」

明琛聽出紀項秋語氣中的一點笑意，報復性地用對方的衣服把眼淚擦乾淨，然後別開臉，甕聲甕氣地說：「……哭完了！」

紀項秋伸手摸了摸他泛紅的眼角，半晌沒忍住彎腰湊了上去，兩人在幽靜無人的樓梯間交換了一個親吻。

一切塵埃落定。

待雙唇分開些許，紀項秋低聲地問：「跟我回家吧？」

明琛大概是剛才哭得腦袋有些缺氧，也可能是接吻的關係，昏昏沉沉就想點頭，然而點下去前又想起了什麼：「剛剛那個人呢？」

「誰？」

「那個……余檢座？你們不是一起來的？」

紀項秋「哦」了一聲，「不重要，不用管他，他自己能叫計程車。」

明琛方才對余檢座這人升起的不安與疑慮，被紀項秋一句「不重要」，直接打得煙消雲散了。

「那吳律師……」

「他本來就是自己坐車來的。」紀項秋瞇起眼睛，用一種危險的語氣說：「這個時候，你最好別再提起其他男人。」

明琛最終還是上了紀項秋的奧迪。

紀項秋的住處離醫院並不算很近，車程約莫要四十分鐘。兩人半途還去吃了晚餐，而後才抵達了一個僻靜的高級社區。

社區裡的房屋樓層不高，大多只有兩、三層，戶數也不多，皆占地寬敞，每戶都是獨棟。彼此之間有步道或花園隔開，整體頗為氣派高雅，且注重隱私。

紀項秋的車在其中一幢屋子外的車庫停下，接著領著人進屋。

進門後感應燈自動亮起，就見屋內裝潢明亮溫馨，處處透著簡約幹練的設計感。客廳有面寬大的落地窗，可以直接一覽花園落雨的夜景，客廳旁有張木質的大餐桌，一旁有座開放式的吧臺，連接到廚房。

簡直是幢小別墅。

「我一個人住。」看出明琛走進時的拘束，紀項秋主動說道，並簡單給他指了下方向。

明琛剛從醫院下班，加上覺得自己方才哭得有些狼狽，便想先去洗漱。他接過紀項秋為他準備的換洗衣物後，進了浴室，脫完衣服站在蓮蓬頭下淋水時，才開始慢慢地回過味來。

……他剛才都幹了什麼啊。

他的反射弧大概是真的有點長，一點血色爬上臉頰與耳尖。他逃避現實似的多沖了一陣子水，在隔間穿上衣服後，又慢慢地吹乾了頭髮，才推門出來。

紀項秋站在客廳的落地窗前，正在講電話，聽起來是公事。

「嗯，臨時有事。你自己搞定吧。」

「可以，你再把資料傳給我。」

「好，下禮拜我會去一趟……」

明琛站在一段距離外看他，紀項秋聽到動靜，轉過身來。

只見明琛穿著一身顯然大一號的休閒裝，修長的四肢從寬鬆的衣物中伸出，面上帶著一抹沐浴後的紅潮，可能因爲不久前哭過，眼角還微微泛著紅，站那兒巴巴地望著他。頭髮倒是乖乖吹了。

紀項秋眸中帶了點笑意，目光向下，落在那雙光著的腳上。

他揚起一邊眉毛，在通話的間隙說道：「鞋子？」

明琛愣了一下，想起來把室內拖鞋忘在浴室門口，就回頭去穿上了。

十月的天氣的確有點轉涼，外加連日落雨，磁磚的地板透著一股寒氣。紀大律師是個會照顧人的，明琛自己過得粗糙慣了，眞沒什麼講究，也從來沒有人這樣管過他。

倒不覺得煩，他心裡是暖的，只是一時有些不太適應——不適應這種暖，下意識覺得那不會屬於自己。

怕是海市蜃樓，一觸即碎。

明琛穿上鞋子再回頭時，紀項秋已掛了電話，靠在吧臺邊看他。

「週末都沒有計畫?」

這個問題紀項秋前陣子就已經問過，明琛這一次總算反應過來了，很快回答：「沒有。」

紀項秋提議：「和我過?」

他的語氣十分自然溫和，像是特意放慢了步調，留給明琛很大的決定權，而不會逼得太緊。

明琛笑了，答道：「好。」

這一晚，明琛就這樣留宿了。

紀項秋領著他認識環境，這棟房子有三層樓，一樓是挑高的客廳與廚房，二樓有主臥與客房，還有一間書房，三樓則是閣樓與露天的大陽臺。

逛了一圈後，明琛賴在書房不走了。紀項秋讓他自便，自己去了主臥盥洗。

書房有一整面牆都是書。一櫃是律法相關，每本都厚重得能當凶器砸死人；一櫃有點混雜，似乎是紀律師的私人興趣，書籍種類涵蓋旅遊、潛水、商業理財、外語會話等等，甚至還有幾本食譜。

剩下的都是閒書，各式各樣，有推理、懸疑、詩詞、經典文學，有中文小說也有翻譯小說，簡直能開個小型書展。

明琛眼睛都亮了起來，抽出一本感興趣的想上手翻翻，結果翻開第一頁就入神地看下去了。

紀項秋洗漱完，走進書房就看見他埋首書中，模樣特別專注，有人走進來的聲響都沒聽見。

明琛二十八歲，紀項秋三十六歲，年齡差說大也不是非常大。明琛如今已是位事業有成的大醫師，平時亦是冷靜自持、沉穩獨立，紀項秋卻越來越常發現這人偶爾流露出的孩子氣。

讓人特別想要照顧他。

這個大男孩穿著寬鬆的衣物，捧著書縮在躺椅一角。腳上的室內拖又不知道被踢去哪兒了，白皙赤裸的足踝踩在毛絨絨的深色地毯裡。

紀項秋抱著手靠在門框邊，看著眼前的畫面一會，一旁的地燈打著暖色的光芒，氛圍十足溫馨。

好像這人合該出現在這裡。

明琛是眞的看書看得很專注，以至於大概又過了兩、三分鐘，才突然發現紀項秋的存在。

他連忙站起身，有些尷尬：「紀哥。」

紀項秋笑了笑，「喜歡看書？」

明琛「嗯」了一聲，垂眼看著手中的書，解釋道：「小時候很愛看，就是沒錢買。後來是沒時間，去圖書館借書常常逾期了也沒能看上幾頁……之後就不太看了，很久沒見到這麼多書。」

他語氣輕鬆，嘴角帶著一抹淺笑，但不知怎的，紀項秋仍感覺心頭被戳了一下，酸疼酸疼的。

他在角落找到了被遺棄的室內拖，撿起後走了過來，彎腰放在明琛面前的地上。

明琛下意識後退一步，後腰抵住了身後的書桌邊緣。

「以後想看隨時來，看不完就帶走，」紀項秋直起身來，看著他道：「沒有期限。」

這距離有點近。

可能是剛沐浴過的緣故，男人身上熟悉的淡香此時變得更明顯，清冽卻惑人，什麼書啊瞬間被拋到九霄雲外，一時間，兩人的眼眸都被對方所占據。

紀項秋把他抵在桌子上親。

兩個剛確立關係、血氣方剛的大男人，分開時氣息都有些亂了。他們手臂纏繞著彼此，額頭相抵，平復著呼吸。

明琛笑了一下，「這是晚安吻嗎？」

紀項秋沒有回答。他的目光落在明琛寬鬆衣領邊緣露出的那一截肩頸上，眸色晦暗，似壓抑著風暴。

這風暴被明琛不怕死地捲起，只聽他又慢慢地問：「晚安吻後面還有嗎？」

明琛最後還是沒能穿上鞋子，也沒能睡成客房，直接被紀項秋扛著扔到主臥的大床上。

把話講開後，紀項秋才發現這人外表清冷，骨子裡其實挺纏人。擁吻及前戲之中，明琛手臂都抱著他不放，要不就是捉著他的衣角，好像一直怕人跑掉般，纏得他心軟得一塌糊塗。

一時沒找著保險套，可能收在別處的抽屜，紀項秋本要下床去拿，明琛的手卻沒放開，睜著有些朦朧的眼看他。

「你就……」他說著，又垂下眼簾，長長的睫毛在眼下打出一道陰影。「你就射進來……」

這不怕死的傢伙大概不只是欠照顧，怕是還欠收拾。

那話語太引人發狂，紀項秋深邃的眸中彷彿燃起火光。

他頓住一會，放棄去找不知放在哪裡的套子，動作再不見過去的克制與保留，有力的手臂分開了明琛的雙腿，性器插入後便是深而快的挺動。

「哈……慢、慢一點……」

明琛腳趾蜷縮，腰背弓起。紀項秋沒慢，只是親他：「放鬆。」

這一陣操弄很凶，明琛的淚腺太發達了，沒一會眼眶就盈滿淚水，淚珠隨著一下下頂弄而一顆顆滑出眼眶，沒入髮際。

穴內那一點突起被反覆磨蹭，鈴口滴滴答答流著水，想射但又差了一點，他被弄得失神，下意識地伸手想觸碰自己，卻被紀項秋抓住了雙手。

高高翹起的性器沒能得到撫觸，反倒是後穴迎來了更加狂暴的頂弄，明琛雙眼失焦，生生被操射時，紀項秋也低喘一聲，抵著最深處釋放出來。

灼熱的精液澆灌在體內，明琛幾乎有種被燙到的錯覺，穴肉無法克制地抽搐痙攣著。

紀項秋沒有抽出，感受著腸壁一陣陣蠕動緊縮，半軟不硬的性器不一會又精神了起來。

他忽地將明琛翻過身，兩手分開臀瓣，露出有點紅腫的濕潤穴口，絲毫不給人喘口氣的機會，從後面再次進入。

「嗯……」

明琛俯跪著，難耐地仰起脖子。他還未從高潮中回復過來，身體極度敏感，此刻又被迫繼續承歡，整個人被累積的快感弄得要崩潰。

「等一、等一下……」

他掙扎著想躲，卻被一雙大手緊扣著腰。通道內碩大的性器抵著穴內那一處敏感急促地抽送，一遍遍極快極狠，像要將那突起輾平。

快感強烈到近乎疼痛，明琛腿根發軟顫抖，幾乎要跪不住。

「哈、不要……嗚嗯……」

紀項秋俯下身來舔了舔他的耳朵，「不可以不要。」

濕軟穴口已經徹底被操開，溫順地吞吐著男人的巨物。豔紅的腸肉偶爾隨著抽送被帶出，下一秒又被重重操入。已被內射過一次的腸道十分濕滑，精液也隨著抽送流出後又被插回深處，發出噗哧噗哧的曖昧水聲。

紀項秋舔咬著他的頸脖，一面不知饜足地狠狠貫穿著穴肉。到最後他已經被操得下半身都麻了，半昏不醒，只能癱軟著身子，被動承受著一下下撞擊。

紀項秋第二次射入他體內時，明琛已經不曉得洩過幾次，前端都有點蔫了，被內射時顫了兩顫，可憐兮兮地又吐出一點清澈的液體。

紀項秋終於緩緩抽出。

只見那穴口已是一片紅腫靡爛，長時間的操弄使得入口一時無力閉合，白濁的精液混和著腸液，失禁一般從那小洞汩汩流出，畫面看起來特別淫靡。

這就不能細看，再看又有捲土重來之勢。

紀項秋於是摟著人溫存片刻就下了床，取來熱水和毛巾清理這片狼藉，兩根手指插入穴中分開，引出剛才吃進去的精液。

明琛整個人軟在床上，感覺自己現在是高位截癱，腦中恍恍惚惚地想：老男人眞是不能激，激了要人命……

手指侵入時，他在昏沉中哼唧兩聲聊表抗議，紀項秋低聲哄了幾句，他便又乖乖不動了，在高潮餘韻中沉沉睡去。

明琛這一覺睡得很安穩，卻不知爲何在即將天明時驚醒。

晨曦微弱，天色幽暗。明琛側臥著，紀項秋的手臂從後面伸過來環著他，將他整個人困在懷裡——是一個帶給人極大安全感的睡姿。

他輕手輕腳地從這個懷抱中鑽出，下床時面部扭曲了一下，踩著飄忽的步伐進了洗手間。

出來時路過了衣櫃，那衣櫃帶著透明的玻璃滑門，裡面一格並排放著幾只手錶，其中一只特別眼熟，明琛正好瞄見了。

他回頭望向躺在床上的男人。

黎明的曙光從簾外打入，窗外隱約傳來鳥啼蟲鳴。畫面靜謐而安寧，明琛杵在原地看了一會，內心是久違的、莫名的沉靜。

他忽然發現，長久的暴雨終於停了。

✦

稍早的驚醒純粹是個意外，假日時，明大醫師從來不是一個會在中午前起床的人。

紀項秋倒是作息規律，七點多醒來時，發現兩件事情：一是明琛還在身旁睡著，二是自己的手腕上多出了一只手錶——還是與明琛第一次見面那天戴的那只。

紀項秋笑了一聲，摸了摸從被子中露出的毛茸茸的腦袋，起身下床。

他洗漱時注意到天氣放晴，便出門日常晨跑，一小時後回來沖完澡，明琛還賴在床上，一公分都沒移動過。

紀項秋都想探探這人的鼻息了。

明大醫師其實是有點起床氣的。

嚴格來說也不是起床氣，只是他每天睡醒總是低血壓，頭暈之餘臉就有點臭。今天卻被紀項秋硬生生親醒，被親到都沒脾氣了。

「唔……幾點了？」

聽到八點這個答案時，明大醫師似乎覺得很荒唐，一踢被子，又把自己整個人罩進去了，聲音悶悶地傳出來：「又不是要開晨會……」

紀項秋看著這一坨被包，心裡好笑，低聲哄道：「天氣好，帶你去個地方。」寄人籬下總歸不好太沒臉皮，明琛最後還是迷迷糊糊地起來了，上車時腦子仍有些運轉不能。

車子開了一段路後在某條路邊停下，紀項秋下了車，再上來時提了一袋早餐，塞到明琛懷裡：「吃一點。」

明琛起床時食慾總是不太好，看著紙袋喃喃：「我沒習慣吃早餐……」

紀項秋瞥他一眼，把車子重新發動，一邊說：「明醫師，你到底還有多少個不良習慣？和病人宣導健康作息時心不心虛？」

怎麼忽然覺得和律師交往，講話就注定講不贏呢？

被噎得言語不能的明醫師低頭乖乖吃起早餐，好在紀項秋買的種類雖然不少，每份的量卻不大，明琛揀了幾樣吃了。

車子上了高速公路後又下來，十幾分鐘後開始可以看見海岸線。路逐漸變窄，且多彎，紀項秋似乎對路線很熟，一路都沒開導航。

最後一段路的右手邊緊連著整片海洋，明琛開了點窗，被海風吹得精神都來了。車子沿途路過許多渡假別墅與景點，接近九點時在一間位於海灣邊的潛水店外停下。

這可能是間私房小店，幾乎沒有遊客，只有一位在小屋內看店的大叔。紀項秋顯然來過很多次了，兩人很熟，一照面就熱絡地打招呼。

「張叔，今天視野好嗎？」

「有點濁，前幾天雨下太大，不過還可以，浪挺平靜。」張叔走出來，瞧見了明琛，「唷，難得，帶朋友來啊？船潛還是岸潛？」

紀項秋看了明琛一眼，說道：「先岸潛。」

簡短介紹過後，紀項秋便讓張叔去歇著，自己帶著明琛領裝備。

小屋的屋齡看起來有點年頭了，但乾淨整潔，設備也挺新。明琛沒潛水過，睡意早就退得一乾二淨，顯得有些興奮。

紀項秋一樣一樣親自替他挑選，防寒衣、浮力背心、配重帶、二級頭、氣瓶……看起來十分專業。

「潛過嗎？」

明琛搖頭。

「會游泳嗎？」

「還可以。」

既然是岸潛，不用出船，張叔是潛水教練，也沒有要帶他們的意思，坐在店門口的椅子上擺手說：「小明放心去吧，項秋有證照，比我還專業了。」

潛水店就在海邊，直接沿著沙灘走下去就是一處潛點。

換好一身裝備，下水前紀項秋講解了二級頭與充排氣鈕的用法，以及吸吐氣的技巧，還有一些安全上的注意事項，講得並不複雜，說剩下的交給他。

浮標離海岸線約五十米，兩人背著沉重的氣瓶踏入浪中，明琛跟著他在水中穿上蛙鞋，踩不到地時便游泳到浮標位置。

明大醫師謙虛慣了，說還可以，那就是很好了，泳姿標準漂亮，除了一開始被浪打得有點懵，動作都照著紀項秋走，且不怕水，眞不小心嗆了也不慌張，頗淡定。

他們在浮標處停了一下，紀項秋看看他，問：「還好？」

見明琛點頭，紀項秋又提醒了一些事項，而後兩人便洩氣下潛。

紀項秋確實就像個專業教練，特別仔細，幾乎下潛每一米就停下確認明琛的情況。

明琛狀態挺好，耳壓也平衡，他們順利來到十米深度，已經可以看到一些魚群。

明琛的注意力馬上轉移，紀項秋卻仍看著他，像在觀察有沒有哪裡需要調整。

他從背心口袋掏出一塊配重鉛塊，替明琛再掛上一塊，審視了一會，覺得滿意了，才帶著明琛在海中並肩前游。途經許多色彩斑斕的魚群，與遍地壯觀鮮豔的珊瑚礁，而後往深處下了幾米。

水中無法對話，兩人好一陣子都只有手勢來往。深度到十八米時，水面陽光顯得有點遙遠，魚群更多了，沙地上偶有海星與貝類出沒。

明琛因為家庭因素，沒什麼機會來海邊遊玩，更別說到過海下。他嘴裡咬著二級頭，無法笑或說話，但微彎的眉眼昭示了興致挺高。

紀項秋在水中動作從容，像是入水的魚一樣，每個擺腿和彎身都流暢好看。他領著明琛在海中穿梭，帶他欣賞海下繽紛壯觀的生態，一邊注意著腕上的潛水錶，並時不時檢查明琛的氣瓶殘壓。

又下潛了一段，潛水錶上顯示二十七米。

陽光越發微弱，加上雨日後水質偏濁的關係，能見度不高。四周幽暗逼仄，加大了深水中的壓迫感。

首次潛水其實不太會到達這種深度，興許是紀項秋的手始終拉著他的緣故，明琛心裡仍然很平靜。

海色深藍，闃靜無聲。

許多人可能不會喜歡這種壓迫感，明琛卻覺得挺好的。好像這裡是分離的、自成一格的世界，再不見現實那些煩雜與酸楚。

什麼也不用思考。

他靜止了一會，一時沒東西好看，注意力便落到潛伴身上，一轉頭就與紀項秋四目相交。

紀項秋正在看他。

明琛經常覺得，此人眼中總是蘊含著很多的情緒，好像一眼就抵過了千言萬語。在不能說話的當下，這種感覺就更爲明顯——他的眼眸始終沉穩，悠遠而深邃。是令人無比心安的眼神。

正如大海。

明琛看著他，想笑，咬嘴一時沒咬緊，嗆進一口水。他一點都不像初學者，深水中嗆水也不慌，反而邊嗆邊笑。

紀項秋讓他咬著咬嘴咳嗽，輕按了二級頭排水。

這傢伙卻還在笑，不知道到底在樂什麼，紀項秋嘴角跟著揚起了點笑意，像是無奈，又像是寵溺。

明琛不知道時間過去多久，總之回程他還有點意猶未盡，回到原點時，明琛以爲要上浮，卻被紀項秋捉著停留在一個不深不淺的位置。

這個深度沒有深海那麼平穩，已可感受到水面浪潮。紀項秋牽著他，時不時低頭看錶，似乎就是在等時間。

明琛百無聊賴地待著，一個浪過來時頭臉撞上了紀項秋的肩膀，衝勁沒多大，疼是不疼，就是嘴裡咬著的二級頭掉了。

他歪著頭，伸手要去撿，紀項秋注意到了，笑了一下，伸手也拿掉自己的，在水中與他交換了一個綿長的吻。

燦金日芒自水面上穿入，點亮了這個湛藍而寧靜的世界。

他們懸浮在這片幽遠晶透的藍色中，渴求著、汲取著彼此的唇瓣，交頭擁吻、四肢糾纏，猶如兩隻緊貼著彼此泅泳的大魚。

那一刻無聲而靜止，像似成爲永恆……

當然也不可能是永恆，再親就要斷氣了。

紀項秋把二級頭塞回明琛嘴裡，自己也隨便拿了一個，後來都搞不清咬的是誰的裝備，反正接下來這段停留時間，幾乎都在接吻與換氣中度過。

兩人上岸時身上裝備的重量感覺非常沉，地面有許多礁石，不太好走，背後又時不時有浪花偷襲。

明琛大概還是不太熟練這一身接近二十公斤的負重，在一個大了點的浪打上來時，重心不穩就跌了。

他身上裝備全套，倒不至於會有什麼劃傷，只是被浪打得有點傻。紀項秋回頭看過來，明琛張嘴要說話，第二個浪又打來，直接淹過臉。

他的模樣看起來慘兮兮的，紀項秋一時都有些不知道說什麼好。

浪潮退去時，明琛扒了一把頭髮，也沒起身，就坐那兒笑。

「紀哥，」他說：「我站不起來。」

這不知道戳中自己的什麼笑點，他開始是低低的笑，後來逐漸轉大，那笑聲清脆明亮，全無陰霾，像是個無憂無慮的大男孩。

明琛都有點記不清自己多久沒這樣笑過了，一口長久積在胸腔的鬱氣好像在這一刻終於完全散去。陽光灑落在海面與他的身上，溫暖而燦亮，同時也在他濕透的髮梢上覆蓋了一層金芒。

紀項秋也被明琛笑得沒脾氣了。

他回過頭來拉人，一手解開明琛腰際的配重帶，替對方減去了點負擔，而後拎著這個傻樂不停的傢伙，一起向岸上走去。

米白色沙灘上留下了兩串長長的腳印。

第九章

張叔在他的小屋中招待了午餐，小小的方桌上擺滿各種新鮮海味。魚是一早張叔海釣帶回來的，下鍋前還活跳跳的，另外還有剛剛特地去漁市場買的龍蝦和貝類，妥妥一桌痛風餐。

沒有用上什麼複雜的調理手法，但勝在食材新鮮，澆點米酒或檸檬汁，撒點鹽巴或碎蔥，每一道都鮮甜可口。

三人圍著方桌吃飯，明琛在閒談間才知道，原來張叔多年前曾是紀項秋的當事人。過去他的潛水店規模頗大，旗下有好幾位潛水教練。某次，一位教練帶著兩位潛客船潛時遇到急流失蹤，搜救後只找回了教練，兩位潛客迄今仍下落不明。

下落不明是美化的說法，這麼多年過去，基本上早已默認身亡了。

家屬一狀把整間潛店都告了，包括那位教練及身為老闆的張叔。

紀項秋當時年紀尚輕，但辯護這起訴訟已是遊刃有餘。結果並無張叔的責任，但不良影響太大，潛店還是收掉了。

張叔轉而弄了這間小屋，把設備都搬來這裡，此後只接熟識的潛客，閒暇時就出海釣魚，過得還算清閒。

紀項秋就是在那時接觸潛水的。

最初是張叔領他進門，他有興趣，得空時就又自行去上課考照，也不算潛得多拚，畢竟律師的工作還是挺忙。慢慢折騰幾年，不知不覺他也拿到教練資格了。

於是張叔這邊把紀律師當作恩人，紀項秋這邊把他當作潛水的前輩，兩人幾年下來成為了忘年交。

「嘿，你不知道！紀律師在法庭上簡直是！」張叔難得找到人聊閒話，講起往事還挺激動，一拍桌子比了個拇指。

明琛也的確對紀項秋的過往很感興趣，捧場地點頭附和：「沒錯！」

「上節目也是特別厲害，比那什麼明星都帥，肚子裡又有墨水。」

「就是，小明星哪能和我們紀哥比……」

他們卯起來一頓猛誇，讓紀項秋聽得都有些無語，心裡想著：誰來讓這兩個傢伙閉嘴？

張叔好像找到了知音，拉著明琛說這說那。明琛也聽得挺來勁，有時好半天都沒動筷，紀項秋任由兩人在那瞎起鬨，自顧自幫明琛夾菜。

他注意到明琛幾乎沒動過魚和蝦，但試探性地把幾塊挑過刺的魚肉夾到他碗裡，他就吃了，剝了殼的蝦子也是一樣。

紀項秋又發現了明醫師的一個特點：懶。

這其實挺奇怪，明大醫師能在手術室耗上好幾小時，把病人錯綜複雜的神經血管一條條對回去，就不願意花這幾秒鐘挑根刺。

明琛聊得太投入，邊吃著碗裡的魚蝦，好一會才察覺自己已經被投餵了許久，那邊紀項秋似乎剛剝完蝦殼，正慢條斯理地拿著紙巾擦手。

對上明琛的視線時，紀項秋露出一個意味深長的眼神，像在說：我就靜靜看你們要扯到什麼時候。

明琛有點不好意思，咳了一聲，面色微斂，低頭扒飯，深沉不到兩秒又被張叔打破：「對了，小明在哪念書啊？也是學法律的？」

旁邊的紀項秋低笑了一聲。其實不怪張叔，實在是明琛自己長相顯小，剛才那一陣閒聊又顯得開朗健談，妥妥一個快樂的大學生。

明琛哭笑不得道：「我都快三十歲了。」

張叔震驚，看了他好幾眼：「我猜二十，都還怕把你猜老了。」

明琛又笑：「哪那麼誇張。」

「哦，我還以爲你是項秋的後輩，或是親戚、姪子之類的……」

這下換紀叔叔的臉黑了，明琛差點笑到岔氣。

張叔又問：「你們是在哪邊認識的啊？」

明琛聊得太順了，張嘴就想回答，腦子慢一拍跳出的答案是「酒吧一夜情認識的」，又把話當場吞回去，嗆了一下，咳嗽起來。

紀項秋動作自然地拍了拍他的背，把話題接了過來：「他在醫院工作。之前有案件的醫療情況需要他出庭釐清，就那次庭審上遇到的。」

「欸！醫師嗎？果然項秋的朋友都不簡單啊——」

不簡單的明大醫師聊得很盡興，飯局結束後都成爲張叔的第二號忘年交了，告別時張叔還讓他有空就來潛水。

下午紀項秋帶著明琛去了幾處私房景點和小店，晚飯後也沒驅車回城，反而來到一間獨棟的濱海別墅。客廳和主臥的落地窗正面海灘，風景極好。

又是紀項秋的一處置產。

明琛心想：我莫不是傍上了一個富豪。

他有點麻痺了，心態平穩地跟著紀項秋住下。

當晚，他們在主臥落地窗前的躺椅上做愛，海風從半開的窗縫吹入，伴著一陣陣浪濤聲，以及遠方偶爾傳來船隻的深沉鳴笛。

性事結束後，他們在躺椅上側臥著看海。

紀項秋從背後環著明琛，大手擱在他的手臂上，指尖時不時磨蹭著臂上一個個圓形的小小傷疤。

明琛後穴裡還軟軟地含著對方的性器。那物倒也沒什麼動作，只是挺溫和地在那待著，交合處一跳一跳的，分不清是誰的脈搏。

明琛發現自己挺喜歡這樣，不帶情慾地相連，沒有人能比他離得更近。心底特別踏實。

遠方燈塔的微光下，海浪一波波打在沙岸上，破碎成白色的浪花後退去，又被後面的潮湧捲著打上來，生生不息。

明琛有些出神地看著海面，片刻後忽然說：「我小時候也住得離海邊很近。」他的聲音慵懶，帶著點鼻音，還有點啞，充滿一股情事後的饜足。

紀項秋沒有插嘴，低低地「嗯」了一聲，表示有在聽。

「以前老爸也常帶我去玩水，游泳就是他教我的。」雖然只是一些瑣事，但明琛似乎逐漸能以一種平和的心情提起過往，回顧那些曾經死死封存的記憶。

好像他終於從那陰影中踏出了一步，可以以一個稍微遠一點的角度，如同旁觀者般，平靜地看看那些過去。

紀項秋摸了摸他的臉，「你游得很好。」

明琛本來被誇得挺高興，就聽紀項秋又說：「潛水那時就想幹你。」

明琛簡直無言以對，而穴中那根粗長的凶器又有蠢蠢欲動的趨勢，小幅度地頂弄了兩下，惹得腸壁又一陣蠕動顫抖。

「嗯……」

後穴傳來的麻癢與飽脹感讓明琛難耐地掙了一下，不過紀項秋沒有眞的要再弄他的意思，又不動了，親了親他的耳廓，問道：「後來呢？」

「後來……」明琛有些恍惚地想了一下，「後來房子賣了，搬到現在租的公寓，離醫院很近。因爲明芊狀況一直都不穩定……」

明芊出生得較晚，以至於兄妹倆年齡有段差距。但她出生的那一年，明琛也不過十三歲，亦曾是個無憂無慮、被父母寵著慣著的獨生子，卻被現實逼著一夕長大。

那一年起，他再沒有去過海邊。

明琛斷斷續續地述說著過往，一路走來的軌跡藉由這些隻字片語，在紀項秋的腦海中描摹成形。

他說了父親的離世、母親的出走，以及在那白色巨塔中遭受過的不公不義。他眞的很少講起過去，也不確定自己爲什麼會在此時提起。

也許是想企求這個人的理解，希望這個人無論如何都能理解他。

他說了很多，直到又一次提起了明芊，卻陡然哽住。

「沒事。」紀項秋像是看出他的難處，吻了吻他的髮際，「不想說就別說了。」

明琛啞了半晌，便不說了。他躺在紀項秋的懷抱中，後背貼著男人厚實溫暖的胸膛，像是遠航的船隻回到了港灣，視線仍望著那片深藍色的大海，覺得有點鼻酸。

他何德何能？

✦

顯然不是所有人的世界都放晴了，在一些人心中，暴雨仍未過去。

假日結束的那個凌晨，一個穿著醫師短袍的青年隻身來到醫院十三樓，拿著識別證在露臺大門邊的感應器上「嗶」了一聲，而後推門走進露臺。

夜幕黑沉沉的，好像整個天空都壓迫著他的肺，讓他連呼吸都感到窒塞。

他去到盡頭的矮牆邊，蹬掉了鞋子，規規矩矩地將兩隻鞋子排好，伸手摸了摸白袍寬大的口袋，掏出厚厚的筆記與紙張，將它們整齊地壓在鞋子底下。

然後他略微費力地爬上矮牆，在那裡坐下。

高樓風大，吹得青年纖瘦的身軀搖搖欲墜。白袍翻飛，兩邊向來堆滿雜物的口袋此刻空蕩蕩的，只留有一支孤伶伶的絨毛兔子筆。

青年的兩條腿伸在矮牆外一晃一晃的，好像很久都沒有這麼輕鬆過。他靜靜坐了很久，一直到黑夜迎來破曉，幽深藍色被一抹橙紅暈染開來。

日出的第一道陽光從遠方的山際線溢出，投射在這幢通體純白的高大建築物上，也照亮了不遠處那「希望常明」的題字上，反射著金燦燦的光芒。

青年最後看了那一眼曙光。

而後一躍而下。

✦

很多人會誤以爲，醫師在手術台上看過那麼多開腸剖肚的畫面，應該會有職業麻木，對各種血腥場景都習以爲常。

其實還是不一樣的。

進了手術室就像進入不同的世界，不會再去思考這些傷口背後的苦楚，而是以一種近乎冷血的角度，看待每一種病況。

但那種冷血大多不會帶到手術室外。

在手術台上的傷口就只是傷口，在手術台外的傷口，可能代表的是一個悲劇性的故事。

故而，當一個年輕人在大樓前摔得支離破碎、腦漿迸散的時候，明琛仍感到有點不適——出自於一種人類天性的悲憫。

這起墜樓事件應該剛發生不久，以至於明琛清早上班時，遺體都還沒收拾完。附近有員警正在詢問一位大嬸。她的先生住院，她正好陪護了一晚，清晨時就聽到了重物墜地的聲響，成爲第一個發現的人。

那位大嬸嗓門很大：「我也睡得不是很熟，差不多天剛亮的時候，就聽到砰！好大一聲……」

現場拉起了封鎖線，明琛於是從旁繞過。他沒有八卦的心，並未多看，但一旁地上某個帶血的小東西卻忽然吸引了他的注意。

可能是青年墜地時，那東西從口袋中飛出，落得遠了一點。

要換作是本人站在明琛面前，臉盲如他倒還不見得能記得是誰，但這支帶著兔頭的絨毛筆卻很有記憶點，他一下子就認出來了。

雪白的絨毛上沾滿血點。明琛怔怔看著，假日的好心情在此刻消退得一乾二淨，指尖逐漸發涼。

大嬸還在講，語氣一驚一乍的：「下來一看，哇！都摔爛了！地上都是碎掉的那個，誒，應該是腦子？白白紅紅的，實在太慘了，都不能看嘍……」

明琛嘴角微抿，再也聽不下去。似是不忍回眸，他最終仍沒有看過去一眼，只是短暫停佇後重新邁開步伐。

同時，他腦中浮現出那位年輕醫生的靦腆笑靨。

之前在手術房，對方說替他畫了素描，可當時他們太累了，最終也沒能看上。

可惜了。他心想：以後再也看不見了。

胸腔外科的住院醫師李夙跳樓了。

這個消息在當日不脛而走，傳遍偌大的醫院。過沒兩日，風向又變了，都說李夙本來就有憂鬱症，大家的反應變成「哦，難怪」。

一名年紀輕輕、未來不可限量的醫師，在任職的醫院中選擇輕生——在最近剛好無大事發生的社會裡，其實應該能引起一陣輿論探究。頭條是不至於，但至少會有個版面。

然而事情從頭到尾都沒有上報，得特地上網輸入關鍵字搜尋，才能在網頁新聞中找出一則簡短到有點可憐的篇幅。

於是這件事完全沒有翻出一點浪花，就連家屬也安安靜靜的，沒人站出來替李夙說些什麼。

不到一、兩週，院內也漸漸沒人再討論此事，好像「憂鬱症」就是一個最合情合理的解釋。

看，湊熱鬧的群眾就是這麼好打發。明琛心中不無酸意地想著。

常明的公關做得太完美，而圍觀的人們也並未有多少是真心關注。

大多數的人都抱著八卦的心態，有個自己能接受的結論就夠了，誰在乎到底李夙的憂鬱症是怎麼來的？是什麼樣的環境造成的？又是誰造成的？

誰在乎眞相啊……

倒還眞有人在乎。

兩週後的某天，明琛午休時，辦公室的門被人敲響。

休息時間有人找是常態，醫院雜務眾多，一天到晚有東西要寫要簽，明琛沒細想，直接說了聲：「進來。」

他在辦公桌前翻看研究論文，等來人走到了桌前才抬眼。

抬眼就是一愣。

來的是一個年輕人，並未穿著醫師袍或任何工作服。他一身便裝，看起來二十出頭歲，眼神中的情緒十分複雜，帶著點戒愼與僵硬，與一點隱忍的悲傷。

明琛一時沒認出這個人是誰，卻覺得面熟，驀地一道靈光乍現，將這張臉與李夙曾給他看過的素描連結了起來。

青年正是那個李夙最常畫的、很好的朋友。

對方站在他桌前，甫一開口，就喚起了明琛腦中的第二道靈光。

他說的話也不長，就兩個字：「……學長。」

明琛怔住了。

氣氛一時凝結，好幾秒後，明琛的神情變得冷淡，「劉浥？」

劉浥，當初醫糾案那一夜值班的實習生，大外科主任劉立洋的兒子，亦是三年前，把所有罪責都指向明琛的罪魁禍首。

明琛和劉浥原本交情其實還不錯，事發之後就再也沒見過面，也未說上一句話。劉浥實習結束便離開常明，不知去了哪裡，如今卻忽然冒出來，在明琛的桌前侷促地站著。

他神色中有著年輕人的彆扭與倨傲，像是想在明琛面前強撐起架子，然而又不太有底氣。

明琛沒讓他坐，只淡淡地問：「有事？」

劉浥向來心高氣傲，但對明琛，卻是心中有愧。他自知兩人關係尷尬，合該勢如水火，偏偏如今有求於人，不得不來。

明琛沒讓他坐，他就那樣站著，硬梆梆地說：「我想……知道李夙的事情。」

「李夙？」明琛微微一愣，皺起眉頭，「坦白說，我和他並不是多熟，他去世前，我甚至不記得他的名字。我不知道你爲什麼找我。」

劉浥聞言從包中拿出一疊紙本，從中抽出一本素描簿翻到最末頁，動作輕柔地遞到了桌上。

明琛低頭一看，那頁赫然畫的是他。

「他的鑰匙都有給我打一份備用，我去了他宿舍，想留下一點東西……就拿了他的日記和畫本。」

素描上的明琛穿著醫師長袍，懷裡揣著一盒餅乾，在椅子上姿態放鬆地坐著，一雙眼眸平靜溫和，氣質清冷，嘴角的淺笑透露出溫柔。

這是李夙對明琛的印象。

明琛垂眸看著，一時說不上是什麼感受。

「他太內向了，沒什麼朋友，和家裡人關係也不親，我和他這陣子……」劉浥斷斷續續地說，聲音像是瀕臨哽咽，「這陣子……吵架，到他……最後都沒再說過話。我看了日記，上面寫他和學長你談過心事，說心情好了很多，說感謝你。」

劉浥安靜半晌，再開口時，眼眶已經紅了。

「我就想……我就想知道，你們都談了些什麼？」

明琛算是看出來了，劉浥和李夙的關係顯然不只是朋友。

天意弄人。

就劉浥的想法，按過去兩人的仇怨，明琛要在這時刁難他、羞辱他，完全理所當然。

換作是劉浥自己，一照面大概就要把仇人揍趴下了。

不過一碼歸一碼，明琛還眞沒有要以這種事拿捏住對方的意思。

他其實不太想妄論死者，可也不忍讓有情人一無所獲，遂慢慢道：「我知道的不多，我們也就談過一次。他說家裡人給的壓力很大，無法適應住院醫師的生活，很累、很不喜歡，還有上面的人……也待他不好。」

明琛說到這裡停了一下，反問：「劉立洋知道你們的關係嗎？」

劉浥一愣，不確定明琛爲什麼會突然提起自家老爸，搖頭道：「不知道。」

「李夙……」明琛每句話都講得很慢，像是遲疑，「和你提過你父親嗎？」

劉浥再次搖頭，「也沒有。」

辦公室忽然陷入一陣詭異的沉默。

劉浥其實也了解自己父親是什麼德行，很快明白過來了，李夙工作時「上面的人」不就是劉立洋嗎？

他臉色漸漸難看。

明琛不想說得太直白，又問：「你想知道的那些，日記上難道沒寫？」

「我就瞄了最後一頁，沒敢細看……」劉浥低聲道：「我怕他不想我看，也……有點害怕去看。」

怕看到寫了對他的責怪，怕他或許才是壓垮李夙的那一根稻草。

劉浥終於還是流下了淚，伸手狠狠抹了好幾把也沒能擦乾，他緩了一會，壓抑的悲痛轉爲怨怒，也不知是怨他父親，還是怨著自己。

「他總是不想我爲難，很多事都不和我說，連他憂鬱症的事情也沒告訴過我……你們都沒有人發現他的狀況嗎？」

過大的悲慟讓他有些失去理智，語氣變得歇斯底里，彷彿在找一處宣洩的出口。

「學長你是過來人，你也知道這裡有多辛苦，他的日記最後都在寫你多好多好，可是你……你爲什麼不幫幫他？你明明看見他那麼難受，怎麼能置之不理？以前大家都說你人好，爲什麼你這次就沒去拉他一把……爲什麼大家都那麼冷漠？爲什麼要讓一個好好的人，活得那麼壓抑、那麼痛苦？」

他哭著放聲吼道：「這裡不是醫院嗎？爲什麼總是這麼病態啊！」

明琛對李夙其實並無愧疚，眞要說的話，大概是嘆惋與憐惜。他與李夙不過幾次見過幾面，的確不熟，要說有多悲痛欲絕那倒不至於。

他們不過是路上偶遇的陌生人，願意出言開導已是仁至義盡，甚至還說了讓他有事可以來找自己。

但他的確覺得難受，這種感覺更近於一種兔死狐悲的沉鬱。

這麼多年以來，他的心上始終插著根刺，以至於那顆心裡面空空蕩蕩，再也塡不滿熱血。

劉浥的怪罪是強盜邏輯，荒唐地讓明琛幾乎想發笑，然而這牽扯的是一條人命，這些話又字字泣血，太誅心，就像在一遍遍拉扯他心中的那根尖刺。

讓他開始覺得煩躁，開始覺得……隱隱作疼。

明琛看著眼前雙眼通紅的青年，半晌，平靜地開口：「你有沒有想過，很多事情其實都有因果呢？」

劉浥一怔。

「這裡之所以是這副模樣，不正是你，還有與你同類的那些人，親手造成的結果嗎？」

他的語氣淡漠，話裡的意思客觀得近乎殘酷。

劉浥臉色一白，嘴唇開始顫抖。

「你如果真覺得本來的我應當去拉他一把，那麼，讓我變了的原因，你敢問嗎？」

明琛的雙眼直視著劉浥，聲音輕如耳語：「按照你的邏輯，親手害死他的人，不就是你嗎？」

劉浥神情絕望，像是受到最沉重的打擊，好半晌都沒能說話。他顫抖著把臉埋入雙掌之中，不知是悲痛、懊悔，抑或是不甘。

明琛也沒趕他，就坐那兒冷漠地看著。他好像終於得以把自己曾受過的傷害悉數奉還，卻未能感受到什麼報復的快感。

只是覺得很悲哀。

片刻後，劉浥終於緩緩抬起頭，通紅的雙眼盡是血絲。

他喃喃道：「我明白了。」

那雙茫然的目光竟逐漸轉為堅定，眼底燃燒著悲痛與憤怒交織的火焰，看起來明亮而激烈。

「這件事不會就這樣算了。」他一字一句地重重地說：「我會幫他找回公道。」

明琛聞言有點意外，笑了一聲，不予置評：「你就試試吧。」

劉浥似乎已全然冷靜下來，又問了一些細節，還有其他與醫院相關的瑣事。

「你問了這麼多，作為交換，我也有個多年以前的問題想問你。」

談得差不多時，換明琛提出了問句。

「那天晚上，」他語速很慢，問出了那個他至今仍舊介懷的問題，「我讓你打電話給陳言德，你到底是打了，還是沒打？」

不用把時間和事情描述得多具體，兩人都清楚明白明琛說的是什麼，那樁往事就是一塊巨大的瘡疤，已經徹底化膿潰爛，只要一回頭，就都能看見。

劉浥沉默了很久。

久到明琛以為大概永遠也得不到答案了，他才終於開口，聲音嘶啞：「打了。」

他確實打了電話，陳言德覺得沒事，不會運氣那麼差，他在外面喝酒應酬，不願意回來。事後劉立洋要他撒謊，宣稱是明琛自作主張，沒打電話。

迫於父親的威嚴，與來自院方的壓力，他照辦了。何況這對他而言，也是最輕鬆的選擇。

於是他們任憑真相埋藏，任憑好人蒙冤。

「不管你信不信，我眞的打了。」劉浥垂著眼簾，幾乎無法直視眼前的人，「……對不起。」

明琛的神情仍舊平靜。

多年來的疑問終於得到解答，意外的是，明琛心裡其實未起波瀾，亦沒有什麼激昂的怒火或委屈。

也許傷痛過得太久，剩下來的就只是麻木，與一種「果然如此」的諷刺感。

「其實，你的道歉除了讓你自己好過一點，並沒有其他作用。」最終，他只是輕輕一嘆：「你走吧。」

「學長，」劉浥出門之前，終於忍不住回頭，問道：「你恨我嗎？」

明琛微頓，喃喃重複：「恨你？」

他沒想過這個問題，這下還眞的思考了起來，彷彿過去那樣，面對後輩的任何提問，都會在仔細地思考後，給出一個全面的、適切的答覆。

「不，我不恨你。」

他淺淺笑了一下，笑顏清冷疏離，卻依然那麼好看。

「我只是瞧不起你。」

第十章

晚上，明琛從浴室走出時，恰好聽見手機鈴響。

他走過去接起來：「紀哥。」

他和紀項秋都忙，確立關係後，有時兩、三天也沒能見上一次面，都靠電話或視訊。今天紀項秋打的是電話，也還好只是電話，否則一接通紀項秋就要轟他去吹頭髮。

「嗯，到家了？」

「對啊，今天難得準時下班。」明琛捧著手機躺到床上，笑說：「開刀站了一天，差點走不回來。」

明琛身邊很少有這樣親近的人能夠聊聊日常。他和蘇璟玉、周弦關係雖好，但哥兒們之間不會天天聯絡，更不會什麼大小事都講，那太黏糊了。

所以一開始，每回與紀項秋通話，明琛都覺得自己可能會沒話說，但可能是紀項秋實在太會接話，也可能是兩人都有一定歲數了，倒也沒那種交往初期的尷尬感，交談都很自然舒服。

話筒那邊，紀項秋笑了一聲，說道：「讓你住我這裡，我天天專車接送，你又不要。」

「哎，多麻煩啊，這麼遠……」

「不遠，是你太懶了。」

「……好吧。」

這幾週以來，他們聊了很多，彼此都沒有參與對方前面二、三十年的人生，都想盡可能地補上。

不過這些天是紀項秋說得多。他知道明琛內心深處始終有種不安定感，便有意讓他更了解自己。

靠得更近了、看得更清楚了，就能明白他也只是個平凡人，沒有什麼好惴惴不安，沒有什麼好「不敢」的。

明琛於是知道了很多。

包括紀項秋的家庭背景——原來紀父紀母是生意人，事業越做越大，這幾年幾乎都住在國外，紀項秋如今的房產有些也是他們留下來的。

以及紀項秋現在待的律所——其實他只是合夥人，老闆另有其人，人挺隨和，不太管事，所以律所的徒弟大多還是紀項秋在帶。

還有紀項秋的好友——一個叫宋惟辰的影視業者，上次晚宴他本想介紹明琛跟他認識。此人有時說話挺討打，但正事上還蠻有用的……

諸如此類大大小小的瑣事。

紀項秋本就細心，若他想把一個人放在心尖上寵，便是處處妥貼周到。

明琛在國外待過幾年，某方面來說似乎挺放得開，可以憑著一時意氣就來場一夜情，然而，他在穩定的親密關係上反而極其躊躇，像隻蝸牛，被戳一下就想縮回殼裡。

紀項秋便把腳步放得很慢，等著他跟上來。

明琛窩在床上，跟紀項秋黏黏糊糊地聊了好一陣。

「今天吳律師去莊先生的工廠看過了，很多設備不合規定，工時也有問題，案子打起來沒什麼懸念，不用擔心。」

明琛聞言就笑：「擔心什麼都不會擔心這個啊，那可是紀大律師你的弟子。」

「你別學張叔那一套。」紀項秋無奈道，又問：「你呢？今天都還好？」

明琛馬上就想到了今天劉浥找他講的那些話，卻又覺得這個話題牽扯太多，還得提到前些日子李夙跳樓的事。想想就覺得很沒意思，他於是說：「還好，沒什麼特別的。」

「是嗎？」紀項秋的語氣透著懷疑，沒等明琛回答，就繼續道：「聽你聲音很沒力，以為你受什麼委屈了。」

這話說得他跟小孩子似的，明琛立刻撇清：「欸，沒有，我只是累。」

紀項秋也不知信或不信，沒再追問，反而深以為然地說：「也是，你體力太差。」

明琛一時無語，而紀項秋似乎察覺到他無聲的抗議，笑了起來，笑聲低沉。明琛隔著電話都能想像男人喉結的震動。

他想他了。

其實才幾天沒見面而已，明琛自己想想都覺得牙酸。

「週末過來住？明天下班去接你。」

「好。」

「累了就早點休息吧。」

對話接近結尾，明琛卻沒有立刻應聲，像是捨不得掛斷電話，紀項秋也由著他沉默。

聽著彼此的呼吸聲好半晌，明琛才終於開口：「紀哥。」

「嗯。」

「……晚安。」

紀項秋又笑了，低沉而溫柔的嗓音說道：「晚安。」

✦

在醫院總是有許多堵心的事情。

其一，是一位老面孔今天掛了明琛的門診。

那是名中年男子，姓黃，頰黏膜鱗狀上皮細胞癌三期，過去給林傳雄開過刀，術後穩定之後就有好長一段時間未照約回診，直到今天才又出現。

說自己復發了。

明琛那時是住院醫師，曾照顧過他。林傳雄離職了，黃先生找不到他，但認出了明琛，就掛了他的號。

明琛蹙起眉頭，「怎麼拖到這樣才來？」

口罩拿掉，就見黃先生的左臉頰上一塊腫瘤爆起，像是一朵肉色的花椰菜。

這人脾氣倒也是很大，含糊不清道：「哪有空回診！現在看要怎樣，要開就開一開啦！」

惡性腫瘤復發跟初發可不是一回事，這人怕是沒搞清事情有多大條。

明琛嘆了口氣，「我先開單給你，去照核磁共振和電腦斷層，手術部分要再幫你安排醫師……」

「安排什麼醫師？就給你開！」

「我這邊刀都排到過年後了，你這個不能等那麼久。」

「什麼，我這比較急吧？就插個時間啊！我不要給別人開！我聽你們林醫師之前念過，說你們科其他人都沒技術……」

黃太太也在旁邊一唱一和：「對啊，明醫師你不能這麼不負責任，林醫師開刀的時候你不是就在旁邊嗎？你比較了解啊……」

當初的林傳雄心高氣傲，又是個直腸子，時不時會有隨口的抱怨或批評，偶爾還被病人聽去幾句。他的話一竿子打翻一船人，其實其他醫師也不見得全都像他講得那麼糟糕，這下倒是害到了明琛。

自從負責美容中心後，明琛手上就被各種整形手術占滿。他不是不想替黃先生開，實在是擠不出時間，本來就很煩了，現在又被這些人鬧得火氣更大。

很多人諱疾忌醫，總是拖到最後一刻才來找醫師。早就該來，自己乾耗著不來，一來還想要插隊排第一，恨不得能明天就開刀。

明琛臉色冷了下來，「插隊不可能。我幫你安排好醫師，都是有本事的，或者你要等到過年後，後果自負。」

兩人似乎被明琛冷冰冰的態度驚到了，愣了幾秒後才又開始吵。

「你是不是嫌這個錢少不想開啊？」

「你見死不救！你沒良心……」

明琛任憑他們吵，逕自把檢查單印出來後遞給對方，而後按鈴請保全過來，直接把人轟出去。

一旁的實習醫師目瞪口呆，吱都不敢吱一聲。

堵心的事情其二，是蘇璟玉午休時特地來他辦公室找他。

「丁醫師讓我跟你說……明芊的狀況不太好。」

兩人對桌而坐，明琛聞言沉默很久，才開口：「多不好？」

明芊十歲以前，也曾穩定過一段時間，甚至能正常上學，只是要避免劇烈運動，但從這兩、三年開始，病情每況愈下，幾乎都沒出過醫院了。

蘇璟玉大致講了下明芊最近的病況——心肌纖維化、右心室衰竭，心室頻脈發作得頻繁，有好幾次心臟驟停。

「肺動脈瓣膜都已經換過了，電燒也做過了，心律不整的問題還是沒有解決。要再堅持的話，就得再開刀，但誰也不知道效果怎樣。明芊的身體狀況也不見得撐得過下次手術，很有可能……在手術台上死亡。」蘇璟玉停了一下，眼中流露出一絲不忍，「她的股靜脈做過太多次手術，都已經……壞了，再來得換部位了。」

明琛不走心臟科，但因爲妹妹的關係，對法洛氏四重症再了解不過。這些後遺症他其實都知道，寫在教科書上都看得懂，現在聽在耳裡卻是一陣嗡嗡鳴響。

「丁醫師的意思是，再這樣撐下去，你和她都只是煎熬更久而已。他建議……舒緩治療。」

舒緩治療、安寧治療、姑息治療，其實都是同樣的意思。他們會給她足夠的止痛劑，或者鎮定劑，她不會再有痛苦，直到下一次急性發作時，不施行緊急救治，平靜地死去。

明琛還是沉默，他垂著眼簾，神情看起來帶著幾分抽離。

「丁醫師已經盡力了。」蘇璟玉看他這模樣，忍不住說：「我們都盡力了。」

「……我知道。」

「你們有什麼話……還是趁現在好好講開。明芊她就是任性了點，本性不壞，她可能……只是想要你哄哄她。」

明琛閉上眼睛，輕聲道：「我知道……我會好好考慮。」

堵心的事情其三，是蕭傅廷陰魂不散。

他似乎與常明醫院的精神科達成了合作關係，已是精神科醫師固定轉介心理治療的對象。

但那是精神科的事情，和他們整形外科並沒有任何關係。

蕭傅廷也不曉得從哪問到整外辦公室和病房的位置，不知道有什麼毛病，來找了明琛兩、三次。

來也沒做什麼，就跟他聊天——或者應該說是蕭傅廷單方面向他搭話。最後對話都會終結在「一起吃飯」然後「不要」或「滾」，諸如此類模式。

「你又來做什麼？」

明琛不想理會，自顧自往病房的方向走，面色很冷。

蕭傅廷似乎絲毫不介意，笑咪咪地跟在旁邊說：「找你敘舊呀。」

「我和你沒什麼舊好敘。」

「咦——好冷淡啊，你以前不是這樣的——」

「這裡是醫院，別鬧了。」

「不在醫院就可以鬧？那我等你下班啊。」

明琛感覺太陽穴有條血管突突直跳，終於忍無可忍地轉身，低吼道：「蕭傅廷，你他媽是不是有病！」

「所以我這不是來看醫生了嗎？」

……好有道理，他竟一時無法反駁。

蕭傳廷看著明琛咬牙切齒的樣子，似乎獲得很大的滿足，他伸手摸了一把明琛的臉，又道：「好啦、好啦，你去查房吧，不吵你了。」

明琛猛然倒退一步，好像臉上沾了什麼髒東西，狠狠抹了一下後扭頭走了，沒發現蕭傳廷的眼神變得有點銳利。

明琛今天白袍內穿的不是襯衫，而是醫院深藍色的刷手服，這種衣服沒有領子，因此露出了頸脖與鎖骨的部分。

正常人不會盯著一個人的鎖骨猛看，於是一天下來，也沒人發現明琛鎖骨上有個不太明顯的吻痕，看起來可能已經存在好幾天、即將要消了，連明琛自己也沒發現。

蕭傳廷卻一眼就注意到了。

「嗯？蕭醫師？」

他站在原地看著明琛的背影，心頭浮現一陣不爽。

一個認識他的護理師剛好路過，順著他的目光看去，就見正前方不遠處，明琛進了一間病房，和床上的病人交談起來。

「在等明醫師？你們認識呀？」

蕭傳廷笑了笑，簡單答道：「認識，沒等。我差不多要走了。」

他話是這麼說，卻沒有挪動步伐。

護理師「哦」了一聲，和他一起看了看明琛的方向，小聲喃喃：「明醫師又在跟薛鳳珠聊天了，也不是他的病人，不知道爲什麼那麼上心……」

蕭傅廷頓了一下，看向那位護理師，問道：「跟誰聊天？」

「就那個病人啊。」

「妳剛才說，那病人叫什麼？薛鳳珠？」

護理師有點莫名其妙，點頭說：「對啊。」

蕭傅廷聞言露出有些意外的表情，視線再轉回明琛身上時，又出現了那種興味盎然的眼神，好像覺得挺有趣。

薛鳳珠已經在明琛的病房住了幾週。

她的安寧病房申請卡關了。因爲最近病床吃緊，審核就變得嚴格，優先提供給病症更重、無親屬照顧的病人。

雖然薛鳳珠在病房總是形單影隻，但其實她的親屬都在世，家境也十分優渥，院方建議她在家安寧。

可她的家人不願意領她回去。

於是雙人房另一床的病人都換兩位了，薛鳳珠還卡在這裡。

另一床現在躺著一個剛開完正顎手術的少女。

明琛例行問診，少女說沒什麼問題，卻壓低聲音抱怨道：「就是隔壁太吵了，整晚都咳個不停，根本沒法睡，她什麼時候走啊？」

少女的語氣十分涼薄，不知怎地，那個「走」字好像在明琛心上扎了一下。

他面上未顯，只是淡淡道：「覺得吵的話不用住這麼久，妳傷口狀況穩定，明天就可以出院了。」

這倒不是氣話，以專業角度來看，明天出院的確不是不行。

不過少女聞言就懵了，連忙妥協：「欸，沒有啦，也不是說非常吵。我的傷口還這麼腫呢……」

和少女談完，明琛從布簾中走出。

薛鳳珠那邊的簾子沒拉上，直接就能一覽無遺。

只見陪護椅上終於難得有人坐著，是一位看起來三十歲左右的年輕女人，衣著時尚，臉上帶妝，應該是薛鳳珠的女兒。

邱醫師正在向他們解釋病情。

他解釋得有點尷尬。很多病人自己顧不到的細節，或者是比較殘忍的病況詳情，他其實是想對著女兒講的，但這位小姐坐在陪護椅上，從頭到尾都在低頭滑手機，根本沒在聽。

於是他只能全部對著病患本人解說。

薛鳳珠似乎心態良好，好像女兒能夠出現，就已經令她心滿意足。與邱醫師對話時，她面上神情始終溫和帶笑，偶爾連連嗆咳出血，也是自己抽紙巾擦乾淨，沒有勞煩任何人。

這幕畫面若是流傳出去，這位小姐一定會被蓋上一個「不孝女」的印戳。明琛不想對別人的家事指手畫腳，但看了確實心裡不大舒服。

不孝女似乎察覺到了明琛的視線，忽然從手機屏幕中抬起臉來，與明琛四目相交。

明琛沒有說話，也沒有移開視線，就這樣與她對望了一、兩秒。

而後他微微頷首，轉身走了。

✦

明琛查完房時覺得謝天謝地，蕭傅廷已經離開了。

他其實沒細想此人現在到底是何居心，站在旁觀者的角度去看，可能會猜測蕭傅廷大概是想吃回頭草、求復合吧。

然而明琛知道，其實不完全是這樣。

蕭傅廷此人在感情上從來就不知道「專一」二字怎麼寫。他在心理學上的造詣，學以致用在了感情路上，極其擅長攏絡人心、讓人喜歡上自己。

明琛剛出國不久，便在進修時遇到了這人。

那正是他心情極差、狀況極不穩定的時候。他的心裡有太多結，又被扔到人生地不熟的陌生環境，被一群西洋面孔包圍，忽然見到同國籍、年紀相近的人，自然覺得比較親切。

蕭傅廷又是學心理的，明琛就與他聊了很多，受了一些開導，也慢慢變得親近，兩人之間的情誼很快超越了友情。

蕭傅廷對明琛而言，以某個角度來說，也算是占了一席之地。畢竟明琛在那之前，都沒想過自己有可能是個彎的。

當然，最主要還是因爲他這一生走來太過坎坷，根本沒太多時間想這些情情愛愛。過去都是有女孩湊上來告白，他覺得還行，就答應下來相處看看，但總是投不進太深的感情。加上生活實在過於忙碌，他也不曾多費心去維持過任何一段關係，所以大多交往不久就分手了。

直到對上了蕭傅廷的糖衣砲彈攻勢，明琛才恍然驚覺，自己的性向原來還有別種可能。

都是成年人了，看對眼就試試看吧，於是兩人開始交往。

不到兩週，明琛都還沒和他幹什麼呢，就在租屋處床上撞見蕭傅廷正跟人玩3P。

當下明琛心想：我他媽眞是瞎了眼。

由於交往時間實在太短暫，分手根本談不上什麼「情傷」，回憶起來，蕭傅廷就是一樁荒謬往事罷了。要說他是「前男友」似乎都有灌水的成分，眞要形容的話，還比較像是路上踩到的一坨狗屎。

所以蕭傅廷現在纏上來，可不會是什麼追回舊愛、破鏡重圓的感人故事。明琛很清楚，大概對蕭傅廷來說，自己就是個沒能成功打上一炮的對象而已。

媽的糟心。

結束查房後，明琛沒有直接下班，而是去了明芊的病房。

他本來只想遠遠看一眼，不過明芊睡著了，大概沒法和他吵架，便走了進去。

病房內沒有開燈，夕陽將將落下，室內變得越發黑暗陰沉。

明芊的臉色一如既往地蒼白，甚至有點青藍。她雙眸緊閉，大概是身體太虛弱了，睡得很沉。

明琛久違地坐到床邊的陪護椅上，整個人幾乎和窗邊的陰影融爲一體。他在那兒待了好一會，腦中想過很多事情。

想斷指且失去工作的莊先生，想癌症復發的黃先生，想無人孝養、無處可歸的薛阿姨，想生命的火光即將熄滅的明芊……他試著以更客觀、更平靜的心態，去思考這一切種種。

他是醫師，合該看慣生老病死。

垂眸時，他卻忽然看見了明芊露在棉被外的手。

那隻手絲毫不像屬於一個二八年華的少女。手臂枯瘦慘白，充滿青青紅紅的針眼，指甲突起，末端指節變形腫大，看起來怪異可怖。

明琛猛然閉眼。

他伸手覆住那隻小手，將之整個握在掌心，好像必須得抓住點什麼，才不至於在此刻失態崩潰。

他維持這樣的動作靜止了很久，直到最後一抹斜陽消失，濃重的夜色降臨，整個房間不再有任何光線。

口袋中的手機嗡嗡震動了一下。

打開一看，是紀項秋傳來訊息：「我在你們醫院樓下。」

明琛頓了一會，打字回道：「這就來。」

而後他慢慢地收起手機，慢慢地起身離去，從這一片漆黑之中緩緩抽身，走向屬於他的、那好不容易得來的，唯一一點光明。

第十一章

週末他們沒有安排任何計畫。紀項秋照常起床運動，明琛照常雷打不動地繼續昏睡。這種賴床習慣其實挺不健康，奈何也不是一朝一夕改得掉，加上明琛偶有二十四小時的值班，作息不規律，睡眠品質也不好，不補覺也不行。

紀項秋有心讓人休息，便沒叫他，任由他在自己的大床上賴著。出去慢跑回來後，紀項秋看了一眼明琛，逕自去沖澡，出浴室時又看了一眼明琛，再下樓去替花園澆水，吃了點東西，回來時又看了下明琛。

此人動也不動，簡直睡得像是屍體。

接近九點時，明琛終於醒來一次，然而頭太昏了，又繼續睡。十點又醒一次，他翻了個身。十點半又醒一次……

紀項秋坐在窗邊的躺椅上看書，一面觀察明琛的動靜。

他覺得明大醫師賴床的模樣很有意思，這人「起床」好像是階段性的，沒法一次到位，得先蓄電。

他在躺椅上待了一上午，看書，也等著對方醒。

中午十二點左右，他終於在某次從書中抬眼時與明琛對上了眼。

明琛側躺著，睡眼矇矓地衝著他看，也不說話，不知道盯著他看了多久，頭髮亂糟糟的，好像睡得有點懵，還沒完全回魂。

對看幾秒後，他慢慢地朝他伸出一隻手，像要索取一個擁抱。

紀項秋頓時什麼原則都沒有了——起床幹什麼呢？大家都不要起床好了。

明琛成功把人拐回床上後，把整張臉都埋入對方的懷中，他嗅著紀項秋身上清新的冷香，蹭了幾下，尋了個舒適的位置後又不動了。

紀項秋摸了摸他的臉，問道：「還睏？」

「嗯……」明琛的聲音悶悶地從他懷裡響起，「我要起來了……」

他說完還是不動。

紀項秋覺得好笑，彎下身來親他。

明琛最初躲了幾下，含渾不清地說：「唔……我還沒刷牙……」

後來他被親得恍恍惚惚，也沒空管那些有的沒的，就這樣與紀項秋糾纏擁吻了起來。

兩人在床上黏糊了半個多小時，明琛大概終於蓄好電了，理智上線，覺得再撩下去就要起火，才終於收了手，「正式地」起床。

他一邊刷牙還一邊慚愧，覺得日子過得眞是頹喪糜爛，後來決定歸咎到紀項秋身上，心想：美色誤我。

時間已經接近下午一點，兩人今天都有些文書工作要忙，沒打算出門，紀項秋就用手機叫了外賣。

他點單時問了明琛的喜好，明琛沒什麼忌口，讓他隨便點，只問了句：「有咖啡嗎？」

紀項秋手指戳著螢幕，看了他一眼，說有。

十來分鐘後，外賣送到。

兩人在餐桌上把餐點擺開，大概是考量到明琛剛起床，紀項秋點的食物口味偏清淡，有粥品、小菜，和一些輕食早午餐。

飯後明琛幫忙收拾餐碗，然後拿起咖啡喝了一口，愣了一下，「咦，這個是……」

紀項秋在流理臺洗手，聞言望了過來，說：「拿鐵。」

喝起來就是牛奶啊。明琛有些驚訝，想著：那不是小朋友喝的嗎？

紀項秋問：「你不能喝牛奶？」

「哦，沒有。只是我喝黑咖啡比較多。」

「不喜歡？」

明琛揭開蓋子，就見裡面有層綿密的奶泡，還挺別緻地拉了顆愛心形狀的拉花。他又喝了一口，想了想，答道：「也還好。」

就是像在喝牛奶。

紀項秋點點頭：「你胃不好，少喝點咖啡。」

雖然加了牛奶倒也沒什麼養胃的作用，但咖啡因含量相較之下還是少了一點，畢竟

六、七成比例都是奶。

明琛被管得有點不好意思，捧著咖啡去了書房。

在醫院工作還有件煩人的事，就是得做研究。

醫院什麼都要計算數據，超期住院率、腫瘤復發率、專科通過率、針扎發生率……五花八門，只有你想不到的，沒有醫院算不到的。數據高了或低了，就會受到特別關照，嚴重點的事情還得寫檢討，或根本原因分析。

各科期刊投稿錄取率，也是其中一項。

這一項不達標，其實不會怎樣，就是陳言德覺得沒面子，於是他一天到晚在催科內人寫論文。

他本人沒啥內涵，什麼屁都寫不出來，卻常突發奇想，起了個也不知可不可行的主題，要下面人替他寫，若是真的完成了，再把第一作者冠上自己名字。

類似的情況在大醫院屢見不鮮，明琛也曾經是其中一個「下面人」。

大醫師壓榨底下的小醫師，美其名曰「提供學習機會」，實際上就是做白工。明明九成九都是底下人寫的，出刊卻冠著老闆名字，有些真的太資淺的，連協同作者一欄都不見得能看到名字。

明琛當上主治醫師後，這種事就比較少發生了，寫的都是自己的。且他寫出來的論文錄取率很高，整形外科的面子幾乎靠他撐起，但醫療工作已經太忙太累，還得花私人時間弄這些，也是很煩人。

這一整個下午，明琛與紀項秋都泡在書房裡。

明琛在讀醫學期刊，而紀項秋似乎也挺忙，在整理打官司需要的資料，偶爾會出去接電話，一次又要出去時見明琛的咖啡喝完了，回來時爲他帶回來一杯水。

對明琛這種把咖啡當水喝的人，工作時配白開水是很罕見的事，醫院和家裡都有簡易型的咖啡機，他通常會煮一壺美式咖啡喝一下午。

他以前沒覺得怎樣，現在想想的確還眞不健康。

明琛乖乖喝水，倒也沒因爲失去咖啡因而變得困倦。他面上道貌岸然地讀著論文，心想：這大概就是愛情的力量——這是一杯充滿力量的水。

長木桌上散布著紀項秋的卷宗與明琛的論文，還好桌面夠大，倒也不逼仄。兩人對桌而坐，在安靜中各自忙碌，偶爾交談一兩句。

挺平和的午後，挺安逸的氣氛。

四點多時明琛讀得有幾分倦怠，想先告一段落。紀項秋還坐在對面，正低頭翻看文件。

不得不說，男人專注工作的樣子有著特別的魅力，深邃的眉眼低斂，氣息沉穩，看著就賞心悅目，吸引力十足。

他偷偷摸摸看了幾眼，發現對方沒什麼反應，就堂而皇之地欣賞了起來，邊看還邊想：啊，果眞是美色誤我……

「別看了。」過了一會，紀美人頭也不抬，忽然說道：「再看要硬了。」

自以爲沒有被發現的明琛一陣尷尬，他摸摸鼻子，有點不好意思，起身去一旁的書櫃逛了兩圈，抽了本感興趣的小說，回位子上看了起來。

一開始他還只是漫不經心地翻，但紀大律師的藏書都挺有水準，看了幾頁就讓人忍不住全神貫注地讀了下去。

明琛閱讀的速度很快，一本書全沒中斷，風馳電掣地嗑完了。他抬頭才發現，紀項秋已經不在位子上了。

牆上掛的鐘顯示快要六點，窗外天色都暗了下來。

他起身伸了個懶腰，走出書房左右看了看，沒見著人，倒是聽到樓下傳來一點聲響，下樓就見紀項秋站在開放式廚房拆一個盒子。

看到明琛，紀項秋問道：「看完了？」

明琛「嗯」了一聲，一邊好奇地靠近，「這是什麼？」

「張叔昨天寄了海鮮過來。」紀項秋笑了一下，「晚餐弄給你吃。」

紀美人上得了廳堂，下得了廚房。他從保溫箱中取出一大隻整尾的魚放在砧板上，拿了專用的解魚刀，開始拆這隻魚。

明琛從來沒有現場看人解魚過。紀項秋的架式還挺專業，唰唰幾刀後，除去內臟和魚骨、魚皮，又上下劃了幾道，取出魚身上完整的兩大片肉，同時慢條斯理說：「魚頭燉湯，魚下巴鹽烤，魚肉做握壽司和生魚片。」

明琛簡直要原地跪下。

他深感慚愧，虛心問：「有什麼可以幫忙的嗎？」

紀項秋想了想，把一塊魚肉給他，又遞過去一把刀，「切片，像生魚片那樣。」

他覺得切片沒什麼難度，交給明琛後，就轉身去做別的料理。他把米洗了送進電鍋，又拿魚頭煮了鍋昆布湯，走回明琛身旁一看，忽然就陷入了長久的沉默，好半晌才憋出一句話：「如果給你手術刀，是不是會切得比較漂亮？」

明琛一時無言以對，覺得這話還說得挺有道理。

明大醫師大概把他手部的技能點全點在了手術上。只見那魚片被切得大小不一，有些特薄，有些特厚，部分切面還呈現破碎的齒狀，不知道的還以爲是用鋸子鋸出來的。

還好明琛切得心虛，動作很慢，一塊魚肉還沒糟蹋完。紀項秋忍俊不禁，接手把剩下的都切了。

電鍋正好跳起，紀項秋拿出白飯，拌入醋汁，放涼一會後，給了明琛一雙塑膠手套，「不然你捏壽司吧，大概有個形狀就好了。」

說罷他又轉身去炒了盤肉和青菜，一會後又路過時，他看了看那個壽司，再看了看明琛，表情一言難盡。

明琛很有自覺：「……你什麼都不用說。」

最後他拿到了一塊山葵與一個小磨板，被轟出廚房，坐在吧檯邊乖乖磨芥末。

他邊磨還邊委屈：「我沒下廚過。」

紀項秋正拿著小噴槍，對著幾貫握壽司上的魚片噴火，一陣油脂炙燒過的香味頓時四散開來，他邊弄邊說：「沒事，我養你。」

哦，明琛突然也就不委屈了。

飯後他們在社區的步道散步幾圈，晚上窩在沙發上一起看了部電影，洗漱過後上床，又胡鬧著糾纏到了一起。

凌晨一點左右，明琛放在床邊矮櫃的手機響了起來。

明琛被折騰得有些恍惚，鈴響了好幾秒都沒有回神，還是紀項秋大手一伸，把手機拿到他面前。

螢幕來電顯示：苑如。

會有「苑如」這麼個親近的叫法，是因爲這號碼是兩人將要交往那時候存上的，後來分別至今都沒再通過電話，這個名字就靜靜躺在通訊錄中一角，明琛根本沒想起過。

兩百年沒私下聯絡過的人，忽然在這個詭異的時間點打來，實在不太尋常。

何況對方還和自己曖昧過那麼一段。

明琛不知怎地有點心虛，但也擔心眞有什麼急事，所以還是想接聽的——要不是他正趴跪在床上，紀項秋的性器還深深嵌在他後穴裡的話。

這就比較尷尬。

紀項秋從後面覆了上來，寬闊的胸膛貼著明琛的後背，他看了眼手機螢幕，問：「醫院有事？」

因為紀項秋的動作，在明琛體內的那物跟著抽動了一下，他喘了一口氣，說話時聲音都有點抖。

「不知道。」他掙扎了兩下，沒能掙開，「可能有什麼狀況……我接一下。」

進行到一半的性事被可疑來電打斷，不管換作是誰心情都不會太美麗，但紀項秋倒是挺寬容，沒顯露出什麼情緒。

只是也沒退出。

他舔咬著明琛的耳垂，說：「你接。」

明琛有些無言，卻也拿他沒什麼辦法，彆彆扭扭地接通了電話。

通話起初，王苑如沒有立刻出聲，明琛一時以為訊號不好，「喂」了兩次，才聽她慢慢地開口：「明琛，你……有空嗎？」

明琛一怔。王苑如很久沒有這樣稱呼他，自當初分別以來，兩人喊對方都是「明醫師」、「王醫師」，特別客氣疏離。

她的聲音聽起來有點怪，且欲言又止，好像在醞釀一波大的。這問題問得沒頭沒尾，有沒有空，不好說，得取決於是什麼人、什麼事。

於是明琛問：「怎麼了？」

王苑如又安靜片刻，才說：「我在醫院附近那間酒吧，你還沒睡的話，要不要來喝一杯？」

明琛再怎麼遲鈍，也察覺出不對勁了。他有點吃驚，不過還沒來得及吃驚完，後穴中的性器突然小幅度地律動了起來。

明琛嘴唇蠕動了一下，沒發出聲音，緩了好幾秒，才啞聲道：「我可能……不太方便。」

他的那陣停頓不是故意的，但大概讓王苑如意識到了自己的唐突，便沒再多說，客套幾句就略顯生硬地道別了。

掛斷電話後，明琛有些吃力地扭頭看紀項秋。

紀項秋揚著眉毛回視，臉上表情寫著：來，我就聽你怎麼解釋。

人在家中躺，禍從天上來。

「其實我跟她也不算多熟……」

他話都沒說完，就聽紀項秋又問：「還有上次那個郭臻呢？」

明琛挺佩服這人記名字的能力，他愣了下，才想起來郭臻是誰，一時滿頭問號，心想自己是做什麼了，怎麼好像頭上被貼了張渣男的標籤。

明琛無言以對，紀大律師還來勁了，一邊幹他，一邊說他這個花心的男人，到底愛的是誰……

明琛覺得自己簡直比竇娥還冤，一開始還挺硬氣，不理會紀大律師的無理取鬧，然而也沒撐得了多久，很快就被弄得崩潰了，掉著眼淚讓說什麼說什麼。

「哈啊……不、不要了……」

「愛你、只愛你……」

「唔嗯……」

明琛到很後來才終於想通，紀大律師根本不見得有多在意那些過路的花花草草，只是找著名目折騰他而已。當律師的套路太深，不能等閒視之。

不過此時明琛還沒能參透這一點。

那天晚上，他被翻來覆去、折騰得欲仙欲死，好不容易挨到紀項秋完事，都不知道是凌晨幾點了，整個下半身幾乎都要失去知覺。

迷迷濛濛即將陷入昏睡之際，他似乎聽見紀項秋的聲音在耳畔響起。

「琛琛。」

低沉的嗓音好似一字字敲擊在明琛的心口，帶著一股暖意，流入四肢百骸後，一點一點地沉澱了下來，終歸於安寧。

「我也愛你。」

✦

之後的某天中午，明琛在醫院遇上了王苑如。

對上眼時他感覺有點尷尬，還是王苑如先開口：「我們聊聊？」

明琛想起先前週末那通電話險些引發的床笫命案，也覺得該把話講清楚，便答應了，兩人一起去了醫院附設的咖啡廳。

中午休息時間，咖啡廳人潮挺多，大半是院內員工。明琛先去找位子，王苑如在櫃檯等餐點。

好不容易找到空桌，王苑如正好端著餐盤朝他走來。

兩人對桌坐下後，誰都沒有先直奔重點，一面吃著餐點，一面聊著不著邊際的醫院瑣事，一頓飯吃完了都還沒切入主題。

明琛喝了一口咖啡，發現王苑如為他點的是黑咖啡。

自從和紀項秋交往，他已經有陣子沒喝了，果然人的適應力是很強的，嚐慣了加奶的拿鐵之後，現在再次回味，倒也沒覺得黑咖啡有多順口。

同時他意識到，紀項秋儼然已融入了他生活中的所有細微角落，連喝個咖啡都能想起對方。

思及此，明琛嘴角浮現淡淡笑意。

王苑如默默觀察他的表情，忽然開口：「明琛，你……是不是有對象了？」

明琛一怔，與王苑如對視，半晌後露出一個笑，「很明顯嗎？」

這就是承認了。

王苑如如憋著的那些話，似乎在這一刻全數化做了一聲長嘆。

「怪不得，現在找你出來喝酒，你不願意了。」她嘆完又問：「是郭臻嗎？」

怎麼身邊的人都替他記住了郭臻這個名字呢？

自從上次在舞會中拒絕了郭臻，這學妹雖然撂話說要繼續努力，但大概還是臉皮薄，消停了一段時間，也可能是去修練更高明的攻略手法，直到最近這幾天才又偶爾冒出來刷刷存在感，與他聊個一兩句。但也沒再送東西或說什麼出格的話，他就由她去了。

明琛失笑，搖頭道：「不用猜了，妳猜不到的。」

或許是知道自己沒望了，王苑如一顆心終於不用再懸著，反而無所顧忌，把話都直白地說了，「我本來想告訴你，和你分開後我交往了好幾任男朋友，可我……總是會拿他們和你比，覺得他們都不如你。我想說，我很抱歉在你最困難那時候沒有陪著你，當時我太好強了，重視事業更甚於愛情。」

王苑如垂眼看著面前的咖啡，纖細的手指捏著吸管，無意識地攪拌著裡面的冰塊。

「你大概猜到了，我想和你重新開始。既然你沒有和學妹在一起，要不要再和我試試看……我本來是想說這些的。」最後她爽朗地笑了笑：「看來是沒有希望了。」

在明琛認識的女人中，王苑如確實挺獨特，她個性爽利，能力強，又有出色的外貌，明琛是欣賞她的，尤其欣賞她的直率。

她敢愛敢恨，想要什麼都敢自己去追、去爭。明琛很欣賞、甚至是敬佩這一點。

不過也就僅止於欣賞與敬佩了。

想起他們過去短暫的種種，再到今天這樣的局面，明琛覺得挺神奇的，也有點感慨。

「沒有什麼需要抱歉的。」他淺笑著溫言說道：「妳會找到更適合妳的人。不管過去我們是否對彼此抱有遺憾，現在我都祝福妳，眞心的。」

這個中午他們講開了許多。那長久以來的愧疚、介懷、遺憾，在彼此一笑中泯去，至此終於能畫上一個不再有那麼多瑕疵的句點。

醫院內歲月靜好，白色高牆外，卻有一股聲浪正如火如荼地蔓延。

一開始是幾位年輕醫師號召，最初還沒得到多少人響應和關注，但隨著許多醫療院所背後的骯髒事一件件被爆料出來，很快就在社會上引起軒然大波。

不少在醫院蒙受過不公不義對待、或者見過了太多齷齪的年輕醫師們陸陸續續加入，不到幾週的時間，竟有了點規模。

很多與醫療相關的事件，都常以「白色」取名，這些人最開始也不能免俗，將他們發起的革命取名爲「白色運動」。

後來又覺得此名實在了無新意，深度不足，幾位文青醫師湊一起七嘴八舌地重取了名。

他們將這些醫療體系中的壓榨與不公正，視爲沉重的枷鎖、白色的厚繭，因此這場革命走上正軌的同時，被重新命名爲「破繭」。

樹大招風，爆料多數都指向了各方面皆排行第一的常明醫院。

明琛忙起來連新聞也沒空看，所以對這件事沒多少了解，只偶爾在開刀房護理師或住院醫師聊八卦時聽到過幾句，並未特別關注。

直到劉浥又來辦公室找他一次，他才曉得這場運動的發起者，竟然就是這位年輕人。

「我們不是瞎搞的，學長你可以看看我們的訴求，都寫在這裡。」劉浥邊說邊遞過來一份資料，「就是規模還不夠大，需要更多人參與進來。」

不過一個月未見，他看起來便已沉穩了許多，態度平靜理性。

他們所提出的指控，大多是諸多不合情理的事件，並非握有什麼違法的證據，無法讓公權力介入。這樣的起義就只能靠輿論、靠人脈支持、靠大眾聲援。

於是各大醫師的態度就特別重要，得有更多知名的、有威望的人參與進來，才能有足夠的影響力。

但明琛自己都還在常明上班，妹妹也還住在常明的病房，實在不好做這種倒打一耙的事。

他嘆了口氣，問道：「你父親都沒說什麼？」

明琛與劉立洋不熟，沒有太多的交集，不過大家都知道他脾氣臭，且極愛面子。劉浥做這種事，等於是和他父親對著幹，還可能爆出自己家的料，劉立洋怎麼可能沒有意見？

劉浥不好意思地笑了笑，「有啊，我被趕出家門了。」

明琛一愣，還沒說話，就聽劉浥又自己寬慰道：「沒事，我暫時住朋友家，在診所薪水也不錯，能養活自己，不怕他。該爆出來的都會爆，學長，雖然已經有點晚了，但那些事情……我也會給你一個交代。」

明琛這回是有點佩服他了。

這種事果然還是得靠有熱血的年輕人。像明琛這樣，見慣太多現實殘酷、一顆心早已冷卻的人，只會覺得這是蚍蜉撼樹，不認爲自己能改變什麼，更遑論做出這種大義滅親、損人不利己的舉動。

明琛的那椿醫糾案過去多年，早已不覺得自己還需要什麼「遲來的公理正義」，但他看著眼前這位懷著理想與衝勁的熱血青年，心中卻有所觸動。

或許是因爲，在被現實擊垮以前……他曾經也是這個樣子的。

明琛沉默了好一會才開口：「我是眞的不便參與。」

在劉浥眼神黯淡下來時，他又給人指了一條出路：「你去找林傳雄吧，就說是我介紹你去的。」

第十二章

明琛這陣子比較常去探望明芊了。

一開始明芊還挺反彈，在那又鬧又吵，但明琛始終態度淡淡，不凶她，但也不哄她，且隔幾天後一樣還來。

明芊一拳打在棉花上，幾次之後也慢慢比較冷靜了。畢竟儘管她表面上老是無理取鬧，心裡其實還是希望有人陪的。

睽違多年，兩兄妹終於能還算心平氣和地共處一室，交談上幾句。

要是忽略明芊的病情正急遽惡化這一點，病房裡倒還有那麼點溫馨和諧的氣氛。

這一天下班前，明琛照例前來看望，還帶了杯明芊喜歡的果汁。

明芊不愛用吸管，覺得吸起來費勁，他便把蓋子打開遞過去，明芊接手過去時卻沒拿穩，潑了大半出來，濺了一手臂與下面的床單。

明芊略微無措，小聲說：「我不是故意的……」

「沒關係。」

明琛出去找了個護理師，請人待會過來幫忙換床單，又找了包紙巾回來，拉過明芊的手，替她擦去手臂上的汁水。

明芊的左手腕有道刀疤，已經癒合多年，但在她纖細的手腕上仍顯得猙獰，像條白色的蜈蚣。

因爲擦拭果汁的關係，那道疤同時落入了兄妹兩人的眼中。

明琛抿起了唇，明芊開始有些僵硬，原本安寧的氣氛變了調，急速冷凝冰凍。

似乎就是這道傷口，始終橫在他們兄妹之間。

別人不清楚，但他們彼此都心知肚明，有那麼一件事造就了他們的心中芥蒂，使他們自此之後再難靠近。

「……我自己擦就好了。」明芊抽回了手，語氣彆扭地說道。

明琛沒有反對，在旁邊看了一會後，便道別離去。

他今天是來辦正事的，有個精神科的病人需要評估心理狀況。

蕭傅廷又來醫院了。

完事後，他難得沒去明琛面前繞兩圈——自從上次看到明琛身上的吻痕，他就覺得不太高興。

其實當初他玩3P被明琛撞個正著的時候，並不認爲有什麼大不了。就和他過去眾多的小情人一樣，他猜測明琛可能會衝著他生氣發飆，但只要哄個幾句、保證下不爲例，這茬大概就能揭過了。

畢竟明琛那時心理狀況那麼糟、那麼依賴他，怎麼可能輕易地離開他呢？

明琛還眞的就離開了。

和蕭傅廷想的不一樣，明琛吵都沒跟他吵一句，甚至連發火都沒有。他眼中曾有過的依戀與溫存，剎那間收得一乾二淨，再看不出半點痕跡。

明琛冷冷看著蕭傅廷，只說了一句：「你眞讓我噁心。」

然後他當天就搬出去了，絲毫沒留給人哄的餘地。

蕭傅廷明明曾是明琛的心理醫師，自詡很了解此人，最後卻沒能得手，反而被明琛當時鄙夷冷漠的目光，以及那句「噁心」，有那麼一點點刺傷了心。

而且，在他的認知裡，明琛潛意識裡對於親密關係有著畏懼，當初他也花了不少心思，才好不容易得到一個「相處看看」的機會。

他認定明琛難以與人有所發展，未料卻殺出了個紀項秋。

蕭傅廷現在的感覺，就好比一塊他垂涎已久、志在必得，卻又遲遲沒能吃上的肉，忽然被別人輕而易舉地叼走了。

眞沒意思，他想。

偏偏他又在側門遇上了剛停好車的紀項秋。

紀項秋對蕭傅廷沒什麼好感，但也不至於到多厭惡，畢竟兩人根本就不熟。

他禮貌性地點頭打了招呼：「蕭醫師。」

紀項秋是來接明琛下班的。前陣子明琛走路回家時，在路上遇人圍堵——正是那位腫瘤復發的黃先生與他的一群家屬，圍著他吵，要他親自替人開刀。雖然最後沒眞鬧出什麼大事，但紀項秋聽聞後便堅持接送明琛上下班，明琛拗不過他，兩人就暫時同居了。

「哦，是你啊。」蕭傅廷慢吞吞地打量他幾秒，「來找明琛啊？」

紀項秋皺起眉頭，沒回答，總覺得此人看過來的眼神令人不太舒服。似乎毫不隱藏自己的某種心思，太露骨了。

果然，只聽蕭傅廷笑了一聲，嘆道：「眞好啊，你們進展到哪了？上床了？唉，當初他還挺講究，沒讓我搞到手，就不曉得他睡起來感覺怎麼樣？不然還可以跟你交流交流……」

紀項秋一怔，臉色隨即沉了下來，「蕭醫師，說話有點分寸。」

蕭傅廷才不知道什麼是分寸，他不高興，那大家都別想好過。

幸虧這側門多半只有員工在走，目前也已過了下班高峰期，要不然這些話被路人聽去還得了。

紀項秋想起明琛對此人的評語：腦子有問題。

他無意再與蕭傅廷多談，便從旁邊走過，想直接進門，不料擦身而過時，就聽蕭傅廷又說：「你有看到他身上的疤嗎？」

紀項秋的手按在門把上，腳步頓住。

「看得出來吧，一個個圓圓的，都是菸頭燙的。他有告訴你是誰幹的嗎？」蕭傅廷就像是煽動人心的魔鬼，聲音中帶著惡劣的笑意，吐出來的每一字每一句都淬著劇毒，「是他老媽，想不到吧？眞是好狠的心，該有十個？十幾個？」

「嘖嘖，當初他可眞慘啊，一身是傷，就沒塊好肉，還有各種抓痕和瘀青……不過現在可能看不到了？他媽有時候也搧他巴掌，他耳鳴的毛病大概就是那時候開始的，都分不清是心理問題，還是生理問題。

「都怪他妹妹，一天到晚吵著要找媽媽，所以他苦苦哀求他老媽留下來，任憑對方在自己身上施暴。他妹卻什麼也不知道，還老覺得明琛搶走了母親的愛，一天到晚只會耍脾氣，朝他扔東西……這些事情，你知道嗎？還是說——這些他都沒有告訴你？」

蕭傅廷的每一句話都銳利如刀，往人心底最軟的地方扎。

紀項秋背對著蕭傅廷，閉上了眼睛，按著門把的手臂肌肉暴起，像是壓抑著極致的怒火。

「那你們這算什麼啊，不也只是單純的肉體關係嗎？和我有什麼差別？」蕭傅廷還沒完，語氣甚至有種興味盎然：「你知道明琛他妹還自殺過嗎？割腕，噴了他一臉血——」

紀項秋再也聽不下去，他很久沒有如此動怒，方要轉身，前面的門卻被人從裡邊打開了。

明琛就站在門內，唇角緊抿，面色慘白。

場面霎時冰凍凝結，連蕭傅廷都怔住了。

他說那些話只是想讓紀項秋不痛快，料定紀項秋不會和明琛提起，還眞沒有要在本人面前挖瘡疤的意思。

他是心理醫師，那是他千不該、萬不該做的事。

但此時話也收不回來了，看明琛的反應，大概都聽得差不多了。

沉默持續了良久，明琛才邁開步伐，路過蕭傅廷面前時停了下來。

「你一點也沒變。」他的情緒並不激烈，只是語氣冷淡，說了那句與過去一模一樣的話：「眞讓我噁心。」

語畢，他便轉身走了。

蕭傅廷心裡一涼，下意識就要追上去，忽然一股巨力襲來，一隻手扼住了他的脖子，將他整個人往牆上摜去。

蕭傅廷的後腦重重撞在牆壁上，磕了好大一聲，砸得他一時眼前發黑。他被掐得有點喘不上氣，還沒緩過來，就聽紀項秋的話語在耳邊響起。

「蕭醫師，你學心理的，這方面我不如你，沒你那麼能惹人厭。」

他聲音很輕，卻仍能聽出蘊含其中的滔天怒意。

蕭傅廷抬眼就與紀項秋四目對上，那雙眼中的戾氣太重，像是要將他整個人生吞活剝，饒是蕭傅廷也不禁爲此一縮。

紀項秋包裝著體面紳士的外殼，收起獠牙太久，到這時才終於讓人想起，他曾經是位遊走黑白兩道的刑事辯護律師，心思深沉、手段狠辣，從來都不是位好相與的。

他看著蕭傅廷的雙眼，像是鷹隼盯住了獵物，一字一字道：「遇上了我，事情就很簡單，你再出現在他面前一次，我找人揍你一次。你不信可以試試，我說到做到。」

說罷他一甩手，扭頭往明琛離開的方向去了。

沒人注意到，一個年輕女孩已在門內的另個轉角站了許久，她雙手掩唇，面上是難以置信的震驚與悲傷。

✦

這一趟車程無比安靜。

紀項秋沉默地開車，明琛沉默地看著窗外，一路無話。直到紀項秋在車庫停好了車，兩人都還像雕塑一樣，依然坐在原處，誰也沒有下車。

呆坐了一會，明琛忽然開口：「我會跟他提那些，是因爲他是心理醫師，而我那時很憂鬱。」

不是和蕭傅廷交往時什麼都願意和他說，和你交往時卻不願意。明琛話裡是這個意思。

紀項秋的面色有些陰沉。不過明琛誤會了，紀項秋此時的情緒其實和生氣或吃醋一點關係都沒有。

他一直都知道明琛心裡有事，那必然是一段沉重的過往，造就了明琛至今的自厭與不安，相比之下，醫院那些鳥事可能都不值一提。

但他不願意逼問。他可以等，等明琛總有一天願意告訴他，而不是這樣，藉由一位不相關的第三者，把這些瘡疤揭得鮮血淋漓。

他不怪明琛沒有告訴他，此時此刻，他只是覺得心疼——這是一個那麼好的人，是他想放在心尖上寵著、護著的人。

而這些人究竟都對他做了些什麼？

紀項秋「嗯」了一聲，問：「還有什麼想說的嗎？」

明琛想了一想，還眞有。

「我今天……和王苑如喝了咖啡。」他說完又補充：「就聊一下下。她不會再打電話來了。」

紀項秋閉上眼睛，良久，嘆出一口長長的氣：「沒有人問你那個。」

明琛就閉嘴了，沒再說話，面上也沒什麼表情。

紀項秋因此實在看不出蕭傅廷方才那番話，對明琛到底造成什麼樣的影響。他像是又習慣性地將所有情緒都深深藏起，包裹在冷漠淡然的外殼之下，不願教任何人看透。

進屋後，明琛去了浴室。他從醫院下班，回家習慣先洗澡。

聽見嘩嘩水聲響起，紀項秋在落地窗前撥起了電話。

也不知電話那頭的人是誰，就聽紀項秋沉聲交代著一些事，嗓音冷酷，話裡隱約出現「盯著」、「處理好」之類的字眼。

通話結束後，浴室裡的水聲猶未停。紀項秋原地站了一會，忽然覺得哪裡怪怪的，明琛進浴室前好像手裡什麼都沒拿。

他於是拿了條浴巾和幾件乾淨的衣服，往浴室走去，抬手正想敲門，卻發現門只是虛掩著，一推就開了。

只見明琛坐在馬桶蓋上，衣服根本沒脫，蓮蓬頭衝著地面澆水，帶起了滿室霧氣蒸騰。

「紀哥。」

他的面色蒼白，仍沒什麼表情，見紀項秋進來，看過去的眼中透著茫然。

「你知道他……沒說完的是什麼嗎？」

明琛指的是方才，蕭傅廷最後關於明芊自殺的那句話。沒等紀項秋回答，他又自顧自說了下去：「明芊割腕那時候……就發生在我的面前。」

明琛像是裝得累了，終於在此刻撐不住了，說話的聲音略微不穩，帶著一絲卑微的懇求，好似希冀能夠得到解脫的懇求。

紀項秋嘴唇抿起，一顆心被揪得發疼，他在明琛面前蹲下，牽住了那雙有點冰涼的手。

「我一轉身，事情就發生了。」明琛雙唇顫抖，停頓了很久，直到兩行淚水滑過雙頰，才終於把話說出口：「……可我沒有救她。」

死死封存的記憶終於傾洩而出。他望著紀項秋，視線被眼淚模糊，無法看得眞切。

「我沒有救她……我看著她在我面前流血，什麼也沒做……」

那時候到底發生了什麼？

好像，最開始是院長以明芊的病況威脅，要他去過世病患的靈堂前認錯、道歉。

那群家屬像是餓瘋了的豺狼，見到他就像是見到了生肉，一個個猙獰地撲上來，拉扯他、推搡他，衝著他叫罵。

他們罵他罔顧人命，罵他是醫院的毒瘤，說他身爲醫師該感到恥辱。

又叫他賠錢，叫他賠不了錢就賠命。

他們把他架到靈堂前，強按著他下跪，押著他的頭逼他磕頭謝罪，磕到額頭青紫一片，破了皮、見了血，這些人才終於高興了，滿意了，鬆手讓他踉蹌地離開。

甫一走出門，便遇上一群圍堵的記者。

強烈的閃光燈與快門聲此起彼落，閃得他頭暈噁心，眼前發黑，一個個話筒拚了命地往他眼前遞，像要砸到他臉上來。

有人問：剛剛是去向家屬道歉嗎？有獲得家屬的諒解嗎？

有人問：是因爲對自己太有自信，才自作主張的嗎？

有人問：你要如何彌補呢？你認爲賠錢能夠平復家屬的傷痛嗎？

他都不記得自己是怎麼從圍困中掙脫而出，似乎是逃亡般地竄上一台計程車，渾渾噩噩回到了家中。

家門一開，一個不明物體就衝自己砸了過來。

明琛微微偏頭，就聽「咣」一聲，那東西砸在他身旁的門板上，碎了，四濺的碎片劃傷了明琛的皮膚。

是菸灰缸。

薛鳳珠坐在沙發上，一雙漂亮的鳳眸冷冷瞪視著他，說道：「你挺有出息啊，還沒賺上多少錢，就搞出一條人命來！」

薛鳳珠情緒不穩，定期會這樣發作一次。明琛知道，接下來要面對的，又是各種言語以及身體的暴力傷害。

她病了。

可他又能如何？薛鳳珠才不會覺得自己心理狀況出了問題，退一百萬步來說，就算薛鳳珠承認自己病了，難道他還有多餘的錢能給她看病？

現在想來，也許早在那時候，他就也已經出了問題。

他們都病了。

幾天後，薛鳳珠在深夜收拾行李，離開了。

明琛身上滿是傷痕，有些背後的傷口自己處理不到，也沒去看醫生，好幾天都發著低燒，請了假在家窩著。

除此之外，考慮到額頭上的磕傷有點顯眼，他不想嚇到明芊，便託了蘇璟玉幫忙照顧她幾天。

大約一週後，額上的傷口結痂了，只剩下淺淺的瘀青，明琛才在天黑後出了門。

去醫院前，他特地繞路到一間明芊很喜歡的甜點店。這間店很知名，每每都要排上好長的隊伍才能買到，今天也不例外。

明琛排了將近一小時的隊，背後燙傷的水泡都被衣服磨破了，隱隱作痛。蛋糕要價不菲，一小塊就要兩百元，夠明琛自己吃上三、四餐，但他還是買了，覺得一週沒見妹妹，想給她一點補償。

去到病房時，明芊卻不太領情。

沒人告訴她這陣子以來明琛經歷的事，她因此完全不曉得，以前從未有一天缺席過的哥哥，為什麼忽然一週都沒來看自己。她問了人也得不到答案，大家都支支吾吾的。強烈的不安與重病的痛苦，讓明芊逐漸變得歇斯底里、不可理喻。

於是她一把將蛋糕拍開，「啪」的一聲，昂貴的蛋糕摔在地上，糊了。

「你是不是不想管我了？你是不是要把我扔在這裡？」她尖聲哭罵：「還有媽媽呢？為什麼媽媽都不來！」

明琛看著地上摔爛的蛋糕，感受著身上各處傷口傳來的絲絲痛楚，聽著明芊連綿不絕的刺耳哭叫。

第一次，他的心裡終於孳生出黑暗，陰暗晦澀的念頭猶如浪潮湧現，翻騰著他的思維。

要是沒有明芊的話，他不需要認下那種罪責。

要是沒有明芊的話，母親不會離開。

要是沒有明芊的話，甚至父親都可能不會去世。

要是沒有她的話，他們一家三口可能至今都還好好的，和樂融融地住在那幢濱海的房子裡……

或許以前他也不是沒有過這樣的念頭，只是都將之死死地壓在意識的最深處，不讓其浮出任何一角。

因爲這些念頭眞的不能去想——只要一想，那就像是急速感染擴散的毒液，將他心中的所有善念都侵蝕殆盡。

儘管如此，他終究沒有對明芊說什麼，好像當傷痛到達極致之後，萬念俱灰，心裡便能歸於平靜無波。他就只是沉默著彎下身，收拾地上的狼藉，腦中自我防衛似地麻木了情感，機械性地想著：可惜了，這蛋糕還挺貴的。

然而，這是他第一次沒有在明芊發脾氣時，好言好語地哄著她，這一點似乎加深了明芊心裡病態的狂躁。

在明琛把垃圾拿出去外面丟的時候，她拿起明琛平時用來削水果的刀子，狠狠往手腕劃下。

一道又一道。

幾分鐘後，明琛再度踏入病房，看到的就是這樣一幕鮮血淋漓的畫面。

明芊下手夠狠，確實劃到了動脈，流了一床的血泊。

但割腕自殺其實不是一種很聰明的死法，失血致死是需要時間的，這段過程很疼，且血液不停流失的感覺終究會使人心生恐懼，誘發出求生的本能，多數人在這段過程中都會後悔。

明芊亦如是。

她的臉色因爲失血過多而變得蒼白如紙，見明琛回來，她虛弱地向他伸出了一隻手，氣若游絲地說：「哥哥……救我……」

明琛卻沒有靠近。

他彷彿忽然被魘住了，立在原處，動彈不得。

明芊是年紀太小了，生死之際亂了思緒，沒能想到床頭不遠處就有求救鈴。此時此刻，哥哥儼然是她眼中唯一的浮木。

明琛始終沒有動作，不像以前，妹妹一有什麼風吹草動，他就一臉緊張地湊上前來，檢查一切是否安好。

明琛那張素來溫和的面容毫無表情，他逆光而來，大半張臉埋沒在陰影之中，看來竟有些陌生、有些可怖。

「救我……」她慌了，也哭了，「哥哥，我不想死……我不想死……」

所以，後來呢？

他終究良心發現，救了明芊，所以明芊才活了下來嗎？

沒有。

他袖手旁觀，站在那裡看著他最愛的妹妹掙扎著、痛苦著，冷漠得像是在看著牲畜放血。

直到幾分鐘後，一位路過的護理師發現異狀，喊人把明芊送去急救，才結束了這場荒唐的鬧劇。

此後，兄妹徹底決裂。但明芊並沒有對別人提起什麼，那位護理師也沒多想，以爲明琛大概只是嚇呆了。

畢竟，明琛向來對他妹妹那麼溫柔、那麼上心，怎麼可能會見死不救呢？

那一天，明芊被送去急救後，他在病房呆站了許久。另一名前來清理血漬的護理師關切地問他：「在等明芊回來嗎？」

明琛想不起自己當時有沒有回話了，只記得那名護理師自顧自地感慨了幾句。

「你人眞好啊。芊芊眞幸運啊，有這樣的好哥哥……」

護理師打掃完便離開了。明琛仍站在原處，半晌才忽然發現，自己手臂不知何時也濺上了明芊的鮮血。

是他妹妹的血。

原本麻木的所有感知，忽然在這一瞬間回籠，濃烈的鐵鏽味撲鼻而來，一股強烈的噁心感湧上，他踉蹌奔進洗手間，跪在馬桶邊就是一陣翻天覆地的乾嘔。

他在想什麼？

他在想什麼？

那時候……他是眞的希望明芊去死嗎？

這個答案，他至今竟仍答不上來。

「他們都說我好，說我救了很多人，可他們不知道……沒有人知道……」

明琛如告解般，斷斷續續地講齊了事情的全貌。

「那時候，我就那樣看著她……我想，如果我眞是上輩子欠了她，現在是不是已經夠了？是不是……可以算是還清了？」

他蜷起身子，將頭埋入雙肘之間。

「紀哥，我走不出去……我走不出去。我手上都是她的血。我……」他喘了一口氣，聲音嘶啞：「我覺得……自己……很噁心。」

要換作是個心腸夠硬的人，或許不見得會覺得如何，那一刀不是他割的，充其量他也就是袖手旁觀而已。

可那是明琛。

是那個心軟仁善的明醫師。

所以這成爲了他永遠的心結，他始終無法諒解自己，從此陷入了無盡的噩夢裡。

紀項秋望著他，喉嚨發緊，好似有一隻手攥住了他的心，令他感覺胸膛悶痛難受。

那是他始終無法參與到的，明琛的過去。

如果他能早一點遇上他就好了。

如果有那麼一個人——即便不是他也好——能陪著、支撐著當初那位少年，那就好了。

「不是你的錯，你已經做得很好了。」紀項秋緊緊握著明琛的手，額頭與他相貼，「都過去了，我在這裡，都沒事了……」

第十三章

那個晚上，明琛顯得特別急迫。

紀項秋後來親手替他脫了衣服，牽著他到蓮蓬頭底下洗了澡。而後他們甚至沒能等到上樓，在客廳的沙發上就激烈地糾纏在一起。

也許是傷痛太深，以至於明琛需要更加強烈、甚至近乎疼痛的刺激才能將之蓋過，得以暫時忘卻。

紀項秋似乎完全理解。

他在沙發上將明琛操射了一次，後又讓他撐在牆邊，抬起他的一條腿，從後面斜斜地捅插，再後來又將人按在餐廳的木質長桌上，從背後進入，寬闊的身軀密密實實地壓住了明琛，下身凶悍地挺動。

肉體撞擊在臀瓣上的規律悶響，在寬敞而開放的廳室中迴盪。

那種羞恥感讓明琛的後穴不自覺地絞緊收縮，卻又被性器一遍遍強硬地破開，直到整個穴肉都被操弄得濕潤柔軟，溫順地含吮著男人碩大的慾望。

明琛剛開始還壓抑著聲音，後來也受不住了，在紀項秋身下崩潰地哭著，沙啞的哽咽被撞得支離破碎。

他趴在長桌上，第三次被弄射時，出來的液體都已經有些稀薄。高潮時，他肌肉緊繃，腳趾蜷縮，頎長的腰背弓出一道好看的線條。

紀項秋垂眼望著，數了一下，五、六……七個。

七個菸燙的傷疤。

沒有蕭傅廷誇大的十來個那麼誇張，但也很疼。那傷疤其實早已癒合，此時卻像是燙在紀項秋的心底，讓他一陣陣抽疼。

他俯下身來吻著明琛的背。親吻如細雨般落下，舔咬吸吮，蓋過那一處處淺色傷疤，在白皙的背上留下一個又一個深紅吻痕，直到幾乎再看不出那些創痕的原形。

紀項秋在明琛痙攣的通道內緩慢而綿長地抽動著，像在替他延續著高潮的餘韻，過了一會，他抱起明琛上樓，到臥室一張單人沙發上，讓人坐在自己的身上。

明琛的身體抖如篩糠，後背貼著紀項秋的胸膛，失神地喃喃：「好深……」

這是他最受不了的姿勢，太深入了，整個肚子都被撐得滿滿當當的，好像要被捅壞。

紀項秋卻沒有等人緩過來的意思，自下而上地操幹起來。

他有力的手臂從後面伸了過來，一左一右分開明琛的雙腿，將之掛在自己的臂彎上，讓明琛以門戶大張的模樣坐在自己身上。性器時而抵著最深處，小幅度且非常快速地插弄，時而大開大闔地幾乎抽出到穴口，復又狠狠捅入。

明琛像是暴風雨中的一葉扁舟，在一陣陣衝撞下幾乎要翻覆，他被疊加累積上來的快感弄得雙眼失焦，意識模糊。

直到聽見紀項秋在他耳邊說：「你看。」

明琛一怔，幾秒過後回過神來。

對面的牆上掛有一面全身穿衣鏡，正對著這張座椅——他一抬眼就看見了鏡中渾身赤裸的自己。

他眼眶濕潤，眼神矇矓，下方的穴口被粗長的性器撐到最開，黏膩的潤滑液從交合處被擠出，濕答答的，難以想像窄小的通道究竟是怎麼吞入這樣的巨物。

明琛幾乎不認識鏡子裡的那個人。

他雙眸睜大，嘴唇無意識地蠕動了一下，全身僵硬地繃起，穴肉無法控制地劇烈痙攣收縮。

「不……要……」他燙到一般地扭頭，「不要看……」

明琛雙手掙動，卻被紀項秋一把捉住，按在一邊。紀項秋另一手扣住了他的下顎，逼他正視著鏡面。

「不噁心，很好看。」

他說著，下身又開始挺動。明琛看著那粗大的肉刃在自己的股間進出，理智瀕臨崩潰，嗚咽著不停搖頭。

「不要、我不要了……不要在這裡……」

「射出來。」紀項秋舔著他的耳朵，低沉的嗓音溫柔又殘忍，「射出來，我們就去床上。」

紀項秋的下巴靠在他的肩上，看著他疲軟的前端隨著自己的撞擊而一顫一顫的，頂端哭泣似的滲出透明液體，看起來有些可憐。

他單用一手就扣住了明琛的雙腕，另一手往下握住了他分明剛剛才射過的那處，近乎殘酷地套弄了起來，指尖甚至鑽揉著流水的小眼。

「嗚……已經不行……哈啊、啊……」

明琛的身體觸電似的彈動，卻又被強硬地禁錮著。通道中的性器凶暴地抽送，狠狠搗過他最受不住的那一處，那隻大手更加激烈地套弄愛撫著他的下身。

「射出來。」

男人的姿態與話語極其強勢，但又極其繾綣。單是這一句話便令明琛全身發麻，終於在這一陣操弄中，再一次到達高潮，稀薄的液體射在男人的手中，過後下身好像失去了控制，淡黃色的液體隨後流出，淅瀝瀝落在地毯上。

明琛哭了，也不知是心理上或者生理上的刺激太過強烈，整個人崩潰了。

「沒事，你做得很好。」紀項秋親吻他，下身持續緩慢地律動，「乖孩子。」

那一天晚上，明琛終於被弄得什麼都沒法去想，通道被男人的精液灌得滿滿當當，紅腫的穴口一時半會都有些合不攏。

他算不清時間流逝，也記不清自己什麼時候被抱到了床上。

「你什麼樣子都好看。」

只記得男人吻去了他的眼淚，不停地、一遍又一遍地說著：「什麼樣子我都喜歡。」

◆

無論遇上了多少的糟心事，這個世界也不會爲一人停止轉動，生活還是得過，工作還是得做。

好比說，那晚縱慾過度的結果是心理上好受了點，生理上卻不太好受，明琛隔天起床時齜牙咧嘴的，走路都感覺有些彆扭，然而還是得身殘志堅地上醫院打卡。

紀項秋在那天之後對他的態度很尋常，依然體貼溫柔，並沒有過多的變化，更未見同情或憐憫。

這樣的態度，讓明琛的心裡不知怎地好過了些，也可能是把憋了多年的沉重心事傾倒出來、與人分擔的緣故，感覺心口終於輕了幾分。

幾天後，明琛被派去離島坐診一週。

他們醫院偶爾會支援偏鄉醫療，通常都指派年輕主治醫師出馬，這次輪到了明琛。前往離島的交通挺不便，得先搭車去機場，坐小飛機到另一個大島，再搭船一段才能抵達。

很多醫師都不喜歡來，嫌麻煩，環境又寒酸，且補助款也比不上在常明看診的金額。不過明琛倒不排斥，甚至可以說是樂意的。一是這裡的醫療確實需要援助，二是這裡好山好水，他也算待得挺放鬆。

這座島很小，四面皆海，騎車一小時就能繞一圈。整座島上沒有醫院，只有一間破舊的小診所，最常發生的病情是被魚刺卡喉嚨。

給人住的地方就是診所樓上的房間，擺設陳舊，木板泛著一股潮氣，走路還會嘎吱響，但玻璃窗外直接就可以看到海邊，開窗便能聽見浪濤聲。

以前他覺得過來這裡沒什麼不好，現在卻有點美中不足了——這裡沒有紀項秋。

於是這週以來，他白天在樓下看診，晚上就回到樓上洗漱休息，然後跟人視訊。

「在外面？」

「對啊，風景不錯吧。」明琛轉了轉鏡頭，展示給紀項秋看，「旁邊那一棟就是診所。」

今天他難得沒有癱在床上，而是穿著便裝，坐在診所外頭的沙灘，像個來度假的大學生一樣，一邊吹著海風看海，一邊視訊。

紀項秋笑了一下，「太暗了，看不清。」

從背景看起來，紀項秋人應該在家裡的書房，可能本來在辦公。

「今天做了什麼？」

「一事無成，就夾了兩根魚刺……你呢？很忙嗎？」

自前陣子同居以來，明琛就發現紀大律師還眞挺忙的，每天埋首在成堆的卷宗裡，電話也響個不停。

怕涉及到當事人隱私的問題，明琛一般不太過問他工作上的事。

「還好，最近在查點事情，之後就不忙了。」紀項秋簡短道，又問：「明天回來？」

「對。」明琛想了想，說道：「其實一週過得也挺快的。」

「我怎麼就不覺得快？」紀項秋看著他，深邃的眉眼帶著淺淺笑意，「快回來吧，想見你了。」

無心之撩最要命。

明琛覺得自己和紀大律師比起來實在道行太淺，太容易被撩撥。

「有空……你可以一起來。這裡海水很清澈，我看很多人也在潛水。」

「好。」紀項秋笑了笑，又問：「明天幾點的飛機？」

「大概三、四點……其實我可以自己搭車。」

紀項秋才不理他：「我去接你。」

在機場接到人後，紀項秋沒有直接把車開回家，而是去了醫院。

明琛想去看看他妹妹。

他離開一週，再去探望時都做好了心理準備，覺得妹妹可能又要鬧。

出乎意料的，竟然沒有。

也不曉得明芊是不是受了什麼啓發、得到了身心靈的昇華，再次見到明琛時，她叫都沒叫一聲，反而有點安靜，眼神也有點複雜。

但明琛沒看懂，在他眼裡，妹妹這種生物自始至終都特別複雜，所以他沒想太多，從包裡拿出在離島買的伴手禮，還挺大一袋。

他一樣一樣拿出來，一邊有些生硬地說：「出差的時候買的，不確定妳喜歡什麼，就各種都買了一點。」

有零嘴、水果乾，還有一些小飾品，多半是吊飾或小玩偶，都做成海洋生物的模樣。一個偏遠海島，紀念品哪能做得多精緻。

明芊把一個怪模怪樣、邊角還脫線的海龜布偶捏在手中看，憋了很久，還是沒忍住，不客氣地說了：「好醜。」

她還真是嫌棄得不留情面，就連門外的紀項秋似乎都笑了一聲，明琛無語片刻，沒好氣道：「那邊就只有賣這些。」

明芊「唔」了一聲，乖乖點頭，低著頭擺弄著膝上的各種小玩具。

明琛杵在一旁看了一會，才說：「妳休息吧，有事……就打給我。」

明芊今天乖得像是被什麼附身了，對明琛說的話都乖巧地點頭。在明琛將要出門時，她忽然喚了一聲。

非常、非常久違的一聲。

「哥，」她的聲音很輕，帶著點彆扭，「……謝謝。」

與明芊的關係似乎莫名地緩和了，明琛的心情難得感到輕鬆與寬慰，好像壓在心中那塊巨石終於被撬動。

然而這輕鬆沒能持續多久，也不知是不是天氣轉冷的緣故，接下來的一個月，明芊的病況如乘坐雲霄飛車似的急轉直下。

明琛開始經常請假，手術全都調開，門診請人代診，幾乎整天都陪著明芊。

紀項秋偶爾會來，但陪護床只能睡下一人，且明芊又不曉得紀項秋與明琛實際的關係，他也不好久留，多半是替明琛帶點東西過來、說一下話就走了。

某天晚上，明琛在陪護床上輾轉反側，不知爲何覺得胸悶。

他睜開眼，藉由病房中小夜燈的暖黃光望過去，發現明芊也醒著，睜著一雙難得透亮清澈的大眼睛看他。

他們側躺在床上，對望了一會。

明芊忽然問：「哥，你還記得老家嗎？」

「……嗯。」

「我記不太清了，只記得海很藍。我也想下去游泳，你們都不准……」

明芊身體各處器官長期處於嚴重的低氧狀態，極度虛弱，這一陣子多半困倦昏沉，很久沒有這樣目光炯炯。

明琛心裡忽然就慌了。

她好像突然來了勁，斷斷續續說了很多明琛不太記得、或者不太清楚的童年往事。

「其實我有交過一個小男朋友……但是不敢說，怕你和爸把他的腿打斷。所以我不是母胎單身喔，你知道母胎單身是什麼意思嗎？

「還有我成績也很好，老師都誇過，問我長大要做什麼，我說想要和哥哥一樣當醫生……」

明琛很有耐心地聽她叨叨絮絮。

明芊把她短暫的一生中，值得拿來炫耀的事情都炫耀一輪後，沉默了好一會，才又說：「哥，對不起。」

明琛看著她，眼眶猛地一酸。

「那塊蛋糕……我不是故意的。」她說：「我就是……我就是害怕，怕你不要我了。」

明琛起身幾步走近，躺上了不算寬敞的病床，將妹妹摟進自己懷裡。就像好多年以前，在明芊對漆黑長夜感到害怕時，兄妹倆也曾這樣挨在同一張床上睡。

「沒關係，哥哥也有錯。哥哥那時候只是……太累了，不是不要妳。」

明芊胡亂地點頭又搖頭，「我很多事情都不知道……我就是太疼了，太害怕了，不是故意的……」

「我知道。」明琛抱著她輕輕搖晃，輕聲道：「沒關係，哥哥知道。」

病房中一時陷入安靜，好一會兒後，明芊的聲音才悶悶地從他懷中傳出來：「哥，我好像……我好像看不太到了。」

好似有什麼從明琛的胸膛貫入，往他的心上扎去一刀。

「那就……」明琛的聲音瀕臨破碎，哽了一下才好好地把話說出口：「那就閉上眼吧。哥哥在這裡……不怕。」

明芊聽話地閉眼，他們維持著相擁的姿勢又過了許久。

「芊芊。」

明芊沒有動靜。

「……怎麼不回話？」

沉默降臨得如此突然。

糾纏了明琛大半生的噩夢彷彿在現實中重現。他摟著明芊一動不動，直到懷中瘦弱的軀體逐漸冰涼，直到窗外旭日東升。

她這一生活得偏激陰鷙、張牙舞爪，消逝時，卻又走得那樣雲淡風輕。

如同開始時嬰兒啼哭的砰然炸響，生命的句點竟也是劃下得如此突兀。那些恨與愛、笑與苦，終於全部凍結冰封，停滯在這一瞬、這一刻——戛然而止。

✦

祭奠時來人不多，就一些明琛根本叫不出名字的遠親，幾個明芊短暫上學時認識的朋友，還有林傳雄夫婦、蘇璟玉與周弦。除此之外多是明琛在醫院的同事，禮貌性地前來弔唁。

操持喪禮時，明琛整個人看起來很平靜，平靜到神色都顯得有些茫然，沒有掉一滴淚。

他甚至還能對紀項秋笑一笑，讓他回去上班：「我自己來就可以了，你在這裡我多不好意思。」

紀項秋第一次覺得，竟有人能笑得比哭還讓人心疼。

喪禮過後，一直到回去上班了好幾天，明琛似乎都還沒能從茫然中回過神來，整天面無表情。紀項秋每天都會接送他上下班，好像一秒鐘都不願意讓他自己待著。

一天正要下班時，明琛在辦公室收拾東西，小胖忽然探頭進來說：「明醫師，陳主任找你。」

眞煩人。

雖然不知道陳言德找自己幹什麼，但只要與這人有關，那必定就是煩心事。明琛嘆了口氣，拎起包，木著一張臉去了。

這一兩個月以來，陳言德其實也過得很心煩。

「破繭」還眞讓人弄起來了。

林傳雄身爲資深醫界大佬，站出來後影響力委實很大。自從劉浥找上林老，成功吸引到更多人脈，這場起義的規模便急速擴大，到現在聲勢已是如日中天，新聞每天都報。

常明醫院首當其衝，各種狗屁倒灶的大小事都被人挖出來了，像鞭炮一樣，爆得劈里啪啦響——有論文請人代筆的、有手術代刀的、有健保報假帳的、有收禮的、有走後門的、有職場暴力或性騷擾的……

一時間，醫院高層人人自危。

於是明琛敲門進去陳言德的辦公室時，就見他臉色很臭，笑容都擠不太出來了。陳言德指了指辦公桌對面的椅子，示意他坐，一邊又替他斟了杯茶。

「你妹妹的後事都弄好了？」

這就是句沒有意義的寒暄屁話，明琛沒接這話茬，只是平平淡淡地「嗯」了一聲。

「我看你最近刀量很少，好像還沒進入狀況？讓你負責美容中心，就是指望你撐起業績，你也知道，最近醫院在風口浪尖上，比較困難一點，需要所有醫師共同努力撐過去。不管怎樣，日子還是得過，看開一點，知道嗎？」

明琛的手指無意識地摩娑著杯緣，他垂著眼簾，沉默片刻，忽然說：「美容中心，我覺得我不適合。你再換個人吧。」

很難得，明琛對陳言德的指示提出了異議。

陳言德自己心情也差，一下就來了怒氣，「讓你做就做！哪來那麼多意見？」

見明琛始終面無表情、神色淡淡，陳言德的火氣就越發大了，講話也更沒分寸。他爲所欲爲慣了，沒有意識到眼前這個人其實正在失去控制。

「你是得了便宜還賣乖啊？後事弄好就好了，成天擺那臉色給誰看？病歪歪的折騰那麼多年，你妹沒被教好，個性又不是多討喜，你爸會早死我看也是被她害的吧？連你媽都不要她，就你那麼稀罕……」

跨越了三年光陰，那盞茶杯終於還是砸到陳言德的頭上了。一聲脆響，明琛其實不太確定是陶瓷砸破的聲音，又或者是自己理智全面碎裂崩塌的聲音。有那麼一兩分鐘的時間，明琛似乎是沒有意識的。

等他回過神來的時候，他已經扼著陳言德的脖子，將他按在地上狠狠地痛揍著，耳邊是他淒厲的慘叫聲。

「救、救命啊！救人啊——」

明琛雙目赤紅，好似在這一刻褪盡了理智，他像是壓抑了太久的火山，在這時候炸響了，爆發了，再也無所顧忌了。

陳言德被打得滿臉是血，剛開始還邊罵邊叫，後來見明琛好像眞的瘋了。一個溫順、隱忍了大半生的人，忽然爆發的狂怒就像是徹底變了個樣子，他全然沒有要停手的意思，陳言德的叫罵聲漸漸轉為哀號與求饒。

這一段單方面的施暴，陳言德感覺漫長無比，但實際上只是過去了幾分鐘，便有人聞聲推門進來了。

那人從背後將明琛拉開，幾乎將明琛整個人按在自己懷裡。

明琛掙動了幾下，掙脫不開，只能死死僵著，發紅的雙眼瞪著前方歪倒在地上的陳言德。

一時間，明琛只聽得見一種急促而規律的悶捶聲，似乎是他自己的心跳，猶如擂鼓，壓過了一切聲音，在他耳邊轟隆作響。

就是這個人。

最一開始，就是這個人——

「好了，夠了。」

好半晌，身後那人的話語才終於穿過了他喧囂的血液，讓他聽了進去。

是紀項秋的聲音。

明琛粗喘著氣。紀項秋摟著他，一下一下地拍著他，直到他緊繃的肌肉終於不再僵硬，心跳逐漸平緩，逐漸歸於鎮定。

胸口中梗著的那股氣洩掉了，取而代之的就是一陣強烈的空虛，讓明琛只覺疲憊與沮喪。

還有一點委屈。

「你先回家。」紀項秋將他拉了起來，「聽話，沒事，你先回家等我。」

紀項秋將腦海空白的明琛哄出了門，看人走遠才回過身來，將辦公室的門關上了，這才有空把注意力轉到陳言德身上。

陳言德被揍得挺慘，看來明琛剛剛還眞是使了勁往死裡打，只見他臉上到處都是血，一隻眼睛青黑腫起，歪塌的鼻梁應該是斷了。

他大概是被揍得腦子不太清醒，沒看懂現在的局勢，也沒仔細辨別來人是誰。

陳言德這一生仗著權勢、作威作福慣了，哪裡承受過這樣的暴行？見明琛走了，他膽子便又大了，罵罵咧咧地掙扎著站起來，口齒不清地說：「操你媽，回什麼家，我現在就報警抓你……」

紀項秋看著他說：「坐下。」

陳言德沒聽清，自顧自地就要去摸桌上的室內電話。忽然，紀項秋伸手將電話線拔了，而後猛力一扯，整條電話線連帶底座被扯出，發出「啪」的好大一聲。

這陣巨響讓陳言德頓住了，剛剛才稍退的驚懼又爬上面容。

紀項秋的眼中再不見一絲方才對明琛的溫和，他神色陰冷，又說了一次：「坐。」

✦

紀項秋到明琛的公寓找他時，天色已經昏暗了。

他在門前本想打個電話給明琛，卻發現大門沒鎖，便直接推門而入。

整間公寓沒開燈，黑漆漆的。

紀項秋在室內繞了一圈，最後在明芊的臥室找到了明琛。

他坐在床邊地上，見紀項秋來了也沒動，沒了方才的張牙舞爪，像一隻收了渾身尖刺的委屈刺蝟。

紀項秋打開燈，把明琛的手捉過來看了看，又出去了，而後提著一盒家用醫藥箱走進來。

明琛的右手指節上都是擦傷與血汙，也不知是自己的還是陳言德的血，大概兩者皆有。

紀項秋拿紗布沾了食鹽水，輕柔地將血漬擦乾淨，又找出棉花，沾了優碘替他上藥。

「對不起啊。」明琛看著自己的手指，忽然說：「和我在一起，遇到的都是些煩人的事。」

「別這麼說。」

「陳言德呢？」

「去急診了。沒事，不用擔心這個。」

「我……」明琛木木地說：「我就是一時控制不住，他、他說……」

說了什麼？

明琛說不下去了，腦中嗡嗡作響，有些想不太起來。

紀項秋收了醫藥箱，又把燈關了，坐到他身旁，「我知道。他就是個垃圾，欠揍，不用解釋。他不會再找你了，之後他有得忙了。」

明琛的神色是近乎空白的呆滯，他在黑暗中沉默了片刻，忽然道：「紀哥，我沒有家人了。」

他好像終於從失去至親的傷痛中反應過來了，眼淚遲來幾週，這時候才突然奪眶而出。

這一落淚不得了，好像他所有的硬氣、剛強都沒了，看什麼都委屈，連自己揍人後手指有點疼都覺得委屈。

紀項秋親了親他帶淚的側臉。

「你有我呢。」他說：「我就是你的家人。」

第十四章

紀大律師說不用擔心，那就眞的是不用擔心。

也不知道紀項秋是怎麼跟陳言德談的，陳言德在那天過後請了好多天病假，傳聞都說他被人揍了，他反而不承認，說是自己跌的。

很難理解怎樣跌才能跌得鼻梁骨折、顴骨開裂、眼睛青黑腫一大包、牙齒鬆動了兩、三顆。但既然本人如此堅持，也沒誰會去追究，畢竟陳言德人緣本來就不好。

再之後，一封檢舉函在醫療界掀起了驚天巨浪。

那封信函揭露了常明醫院與醫材、藥商好幾年來的採購弊案，內文寫得鉅細靡遺，指控得有聲有色。

因爲收賄金額實在太大，立刻引起檢方的介入。以大名鼎鼎、手段雷霆的佘舜星檢察官爲首，很快領頭進行徹底調查，效率之高，簡直像是早已盯準許久，就等著收網的這一刻。

最後，十幾位常明醫院的高階主管都遭收押禁見，院長、大外科主任、整形外科主任皆位列其中。

另一方面，飛翔電視台邀請「破繭」的核心成員，上了一期特別節目。

這下不得了，什麼委屈、什麼不合理、什麼該說不該說的，統統都被爆了出來。

「你看聘書的合約就是霸王條約，我們都笑稱是賣身契。」一個小醫師說：「但也沒辦法，大家都是這樣簽，能有什麼意見。敢跟他們吵，大概也不用待了，以後一輩子只能去醫美診所打打雷射。」

主持人問：「沒有規定工時上限嗎？」

幾個小醫師交頭接耳了一陣，其中一人回答：「是有八八工時這一條，一週工時上限八十八小時。」

主持人嘆道：「嘩，那也不少。」

小醫師笑了一下，又說：「不不，如果眞的能按規定走，就已經夠好了，大部分的人工時都是超過的。人手不足的時候，連值四十八或七十二小時班沒睡覺，再接著繼續上班開刀的都有。反正這些限制沒有法律效力，我們沒有打卡制度，超時了也沒地方投訴。」

「冒昧問一下，這樣子的月薪是？」

「四萬左右。」

連主持人都被這個數字鎮住了，一個醫師的薪水四萬？他眞是孤陋寡聞了，還以爲每位醫師都是賺飽飽的。

「那值班應該有再追加值班費吧？」

「有啊，值一天二十四小時，給五百。」另一個小醫師冷冷罵道：「比便利商店時薪還低，還不如別給，羞辱人啊？」

他的口吻十分嘲諷，讓主持人一時都有些無語又好笑。

其中，李夙跳樓一事亦被重新提起。

當時李夙的憂鬱症傳得人盡皆知，卻沒人眞正深入探究過病因。除去家庭、工作、感情，這些長期以來的壓力與不安定因素之外，確實還有那麼一件事，是壓垮他的最後一根稻草。

恰巧目睹現場的一位醫師說，他不確定李夙是不是犯了什麼錯，總之劉立洋那時在大庭廣眾下，衝著李夙破口大罵、砸病歷，然後重重搧了李夙一巴掌，甚至不顧還有病人旁觀。

這個話題倒是引起多人迴響，多個小醫師七嘴八舌地講了好幾樁關於劉立洋在職場的言語和行爲暴力事件。

一同上了節目的劉浥也備受關注。

「身爲劉立洋醫師的兒子，對於那些指控，你有什麼想反駁的嗎？」主持人提問道。

「沒什麼能反駁的。但我畢竟是他兒子，也不好多做評論。」劉浥的態度不卑不亢，語調冷靜，他停頓了一下，又說：「但我想提一件三年前的事情，是關於一樁醫療糾紛案……」

等他把整件事說完，主持人最後問他：「這件事你不說，現在也沒人追究，怎麼這時候又想要提起？」

劉浥眼眶紅了，卻也笑了，像是終於如釋重負：「我不想這一生……都是一個讓人瞧不起的人。」

其實不只常明醫院，稍有點規模的院所必定都有那麼幾件骯髒事，但這會收賄案剛爆出不久，大家的矛頭自然都先對準了它。

一時間，這間首屈一指的菁英醫院就像落水狗一樣，人人喊打。

✦

高牆外鬧得不可開交，明琛倒是兩耳不聞窗外事，日子照樣過，刀照樣開。

常明的黑料爆出後，大概社會觀感實在太差，病人數量有稍稍減少了一些，整天嘰嘰歪歪的老闆也不在了，忽然就過得頗清閒。

紀項秋依然天天接送他，還一手包辦了早餐與晚餐。

明琛從一開始的不好意思，到現在也逐漸習慣了，覺得自己都快被人養廢了，養得生活不能自理。

他也半開玩笑地這樣對紀項秋說了，對此，紀項秋的回答是：「你本來也沒多能自理，別賴給別人。」

明琛被噎得一陣無言。

一天中午休息時，他穿著白袍路過一條長廊，看見一位年輕女人獨自倚在窗邊抽菸。

她面無表情地遠望著窗外景色，時不時吐出一口長長白煙。

醫院是全面禁菸場所，但明琛也沒想要管這種事，與那女人對望一眼後他什麼都沒說，自顧自繼續向前走。

未料，錯身而過時，那女人忽然開口：「我媽過世了。」

明琛腳步頓住，回過頭看她，一秒、兩秒……終於認出來了。

是薛鳳珠的女兒。

早在幾週以前，薛鳳珠的安寧申請終於批准，便從明琛的病房遷出去了，之後沒再見過面，這會再聽見消息卻就是永別了。

他嘴唇微抿，說不上是什麼感受，安靜半晌才道：「節哀。」

女人卻笑了一聲，「沒什麼哀不哀的，我去看她的時間恐怕都沒你長。死了也好，省得互相折磨，活著受罪。」

明琛一時無語，倒也不是覺得不高興，就是心中空落落的，空得沒什麼想法。他接不上話，就那樣站在原地看著女人又吸了口菸、吐出。

而後女人瞥了他一眼，忽然問：「你看我不順眼吧？」

她說的是問句，語氣卻是肯定句。明琛愣了一下，心想也不至於吧？妳抽妳的菸，我管妳了嗎？

「在病房遇到那次，你看我那一眼，我就知道了。你覺得我冷血吧，很不孝吧。」

原來不是講抽菸的事。

女人的言詞有些銳利，帶著隱約的攻擊性。明琛「啊」了一聲，沒承認也沒否認，實際上他並不想評論別人的家務事。

兩個剛失去血親的人莫名碰上，氣氛自然不可能歡樂，但兩團低氣壓大概也能達到某種和諧，竟還聊得在一起。

「沒辦法，我這人就這樣。別人都叫我裝裝樣子，當作哄老人家開心，可我裝不來，眞沒多少感情，做那種樣子出來，我都嫌自己噁心。」女人叼著菸說話，語氣和表情都酷酷的，看起來像個大姊頭。

「……她畢竟是你母親。」

「那是她落魄了、病重了，才看起來可憐。」大姊頭冷笑一聲，「她年輕時可不是這樣，生下我沒幾年就出軌了，說什麼要去追求眞愛，還挺天眞浪漫？結果根本就是去當別人的小三。最近這些年她才後悔，但我爸早就再娶了，都又生兩個小孩了，這個家哪裡能有她的位置？」

都說可憐之人必有其可恨之處，這句話似乎強烈體現在了薛鳳珠的身上。

明琛徹底沉默了。

「她走的那年我才五、六歲，哭得像個傻子，也沒見她回頭看我一眼。她再出現時，我都已經成年了，能有多少感情？當初她不要我，讓我成爲再婚家庭裡多餘的那一個人，我能不怨她嗎？」

大姊頭可能心裡也壓抑了很久，現在把憋屈都一股腦地倒出來了，她的眼眶漸漸泛紅，眼神發狠。

「但你說得沒錯，她畢竟是我媽，其實她死了我也不好過，可這種不好過又讓我更恨了。她憑什麼啊？離開就離開了，憑什麼都要死了還出來讓人心煩啊？」她輕喘了口氣，聲音有些不穩，「憑什麼這時候又悽慘地冒出來，一副慈母的樣子，說她錯了、她後悔了，說她想我了啊？」

大姊頭從小在重組家庭中長大，沒有生母在身邊，大概已經習慣活得強勢獨立，不輕易教人看見脆弱，而是以憤怒作爲替代。

所以她一口氣緩過來後，冒著血絲的雙眼就怒瞪明琛，凶巴巴地說：「再怎樣她生前我也沒有盼著她死，她死後我也處理了後事。憑什麼都說我不孝啊？」

明琛被瞪到有點懷疑人生，一時都覺得自己好像眞做了什麼罪不可赦的事，半晌才憋出一句：「我也只是看了妳一眼……」

他表情看起來好像被凶得挺委屈，而這副委屈樣讓大姊頭頓了頓，忽然就熄火了。

「也是，是我亂遷怒了。」

一陣冗長的沉默過後，大姊頭長嘆了口氣，微微苦笑。

「其實我也明白，每個人都有苦衷，我是這樣，我媽……可能也是。又有誰能是眞正的惡人，誰是眞的永遠不能被諒解？」她笑了笑，再度開口：「都是自己過不去自己心裡那一關而已。」

她講這些其實算是自言自語，未料明琛卻怔了怔，把話聽進去了，在心裡反覆咀嚼了片刻。

「剛剛我說的那些，你就當沒聽到吧，是我心情不好，胡言亂語了。之前病床是你借的，這我知道，還沒謝謝你。」

「不用。」明琛搖搖頭，感慨道：「妳記憶力真好。」

他們僅僅在病房有過那一面之緣，醫院醫師那麼多，他沒想到對方竟能將自己記住。

大姊頭酷酷地瞥他一眼，「你長得帥囉。」

「……哦。」

兩人畢竟不熟，沒太多話題好聊，再交談兩三句後就互相道別了。

臨走前，明琛說：「節哀，保重。」

大姊頭點點頭，「你也是。」

她那句回話就是禮尚往來，沒什麼特別意思，不過明琛聞言後亦暗自點了點頭，心想：我會的。

同天下午，明琛辦公室的門被敲響了。

走進來的是郭臻。

明琛到這時才忽然覺得，好像有好一陣子沒見到這學妹了。

「什麼事？」

郭臻的神色有些侷促，不像以前，心思全都寫在臉上，每次見到明琛就眼神亮晶晶地黏過來。此時她幾乎是小心翼翼地走近，在明琛辦公桌前停下，默默遞出一個紙袋。

明琛疑惑地接過，打開一看，裡面放著一隻挺眼熟的海龜玩偶。

他愣住了。

在收拾明芊的遺物時沒找到這玩偶，但也沒放在心上，他以為明芊不太喜歡，大概之前就扔了。畢竟這海龜確實醜到不行，換作是他也想扔，現在卻神奇地出現在郭臻手上。

「她收到布偶後，每天又摸又蹭的，很快脫線的地方就爆開了，棉花都跑出來。」郭臻吞吞吐吐地說：「她問我能不能幫忙縫起來，我就拿去縫了，可是我不太擅長針線活，縫得有點久，最後……沒來得及還給她。」

明琛把玩偶拿在手上，就見海龜腹部側緣原本脫線的地方，多了新的縫線痕跡，然而手藝並不精巧，連縫線的顏色都不對。破口是合起來了，但醜上加醜，像剛開完刀的海龜。

「妳怎麼……」郭臻這段話夾帶的訊息量有點大，明琛一時難以消化，「妳認識她？」

「之前有一天，你和蕭醫師、紀律師在側門那邊說話。」郭臻囁嚅著說：「當時……我就在你後面。」

就都聽見了。

她不是故意的。她本來是遠遠看見明琛的背影，高興地想追上來打招呼，卻見明琛在門前停住了，於是也跟著停下了腳步。

她其實站得離明琛很近，只是明琛的注意力都放在門外，完全沒有注意到她。從她的角度能看見明琛的所有反應——他本來要推門出去，卻在聽見蕭傅廷的話聲後遲疑，而後臉色驟然慘白，整個人僵住了。

此時郭臻面上神情侷促，並不是因爲得知自己喜歡的人竟是彎的、甚至都有男朋友了，與那無關。

而是她從小被保護得太好，這一生過得順遂和樂，性格柔軟單純，乍一聽見的那些往事太過荒唐慘烈，以至於心裡很難受。

她口口聲聲嚷著喜歡明琛，可她對他其實一無所知——親生母親燙在自己身上的菸，她根本無法想像，那到底會是怎樣的疼。

同時她也怕明琛不想讓人知道他的那些瘡疤，怕他怪她。

明琛神情倒是挺平靜，開口問：「然後妳就去找明芊？」

「我就、我就去看了幾眼。」郭臻怕明琛嫌她多管閒事，緊張道：「是有一次遇到紀律師也去看她……」

明琛聽到這邊又驚了一下，「他也去看過明芊？」

郭臻可能是秉持著抖出共犯能減刑的想法，便一五一十地說了。

原來紀項秋偶爾會以明琛的名義去探望明芊、送她禮物，送的還都是現在年輕女孩會喜歡的東西，跟那隻破海龜完全不在同一個等級。

有次他與郭臻恰好遇見，兩人便小聊了一下。

郭臻說想幫忙他們兄妹解開心結。紀項秋不反對，他覺得自己畢竟太難和明芊聊到一塊，便讓郭臻有空可以去陪陪明芊，和她說說話。

於是郭臻就去了。

同是女孩總是比較有話講，明芊後來很喜歡這位醫師姊姊。聊得久了，郭臻就開始時不時提起明琛，把那些明芊不知道的往事，去掉太慘烈的部分後，委婉地說了，又說其實明琛一直掛念著她，就是拉不下臉……

從最初的抗拒、懷疑，到後來的沉默、接受，明芊的態度終於一點一點軟化了下來。紀項秋和郭臻送了她很多精緻的小玩意，但她始終捏在手上的，都是那隻明琛親手給她的破海龜。

「明醫師，對不起啊。」郭臻垂眼看著自己的腳，「我就是……我就是想看你們好好的。」

明琛覺得郭臻想太多了，他都多大歲數的人了，哪那麼矯情，反倒是被這無所不在的善意砸得有點懵。

他看著郭臻，又想了想紀項秋，原本空蕩沉寂的心好像被什麼逐漸填充，從漫長的、寒冷的冬眠中，慢慢地甦醒了過來。

他笑了笑，「有什麼好道歉的，反而是我要謝謝妳吧。」

郭臻真是個性情中人，情緒波動都比明琛本人還要大。她聞言眼眶一紅，半晌才又開口。

「明醫師，你是好人。紀律師……他也很好，你們都要好好的。」她抹了把眼淚，破涕為笑，「好人都會有好報的。」

當天晚上，明琛倒也沒和紀項秋說破什麼，只是深深地看著他許久。

「怎麼了？」紀項秋問。

明琛思考了一會，才慢慢地說：「我在想，其實上天對我也挺公平的。」

紀項秋不知他此話是何意，便靜靜聽著。

就見明琛笑了，那笑容敞亮而釋然，好像有什麼糾纏了他半生的執念，終於在這一刻徹底地、完完全全地放下了，釋懷了。

「我大概把前半生的運氣都攢起來了，才能遇到你。」

✦

這一兩個月以來，常明醫院的高層幾乎大換血，這座表面光鮮、內裡腐敗的龐然巨廈，終於瀕臨傾覆。

飛翔電視臺與其旗下的報刊，與常明醫院有仇似的，爆料一件接著一件，彷彿唯恐熱度消退。

而每爆一件料，幾乎都能讓醫院涉案高層的刑期再往上加幾年，院方甚至託人去和飛翔影視的總負責人見了一面。

宋惟辰的回應是：「找我沒用，你們惹到的不是我，這些料也不是我挖出來的，我只管收視率。」

然後他低頭看了看手上的資料，點頭道：「收視率還挺好。」

等到院長一干人都被查了個底朝天，解除禁見，才終於在看守所見到了姍姍來遲的始作俑者。

隔著一面玻璃，紀項秋安坐得氣定神閒，照面就來了句：「我手上還有料，還能繼續爆。」

院長淚流滿面，簡直想向他跪下了。

不出幾日，常明醫院出了一個公告，是道歉啓事。

內文澄清了三年前明琛替陳言德頂罪的詳細經過，院方表示將會給予明琛醫師相應的補償金，並保證日後醫院不會再有類似的事情發生，同時，此事亦會登報道歉。

飛翔電視臺總算消停了。

✦

蕭傳廷被人揍了。

還是圍毆，也不知道是誰指使的，那群人挺專業，位置選得不錯，打完搭上一輛車揚長而去，調了沿途監視器也沒能找到半個。

有路人聽見蕭傳廷被揍時崩潰地狂喊：「我沒去找他！我就是去醫院工作時路過而已！他根本沒看到我……」

也不曉得這話是什麼意思，總之後來他似乎對常明醫院都有陰影了，恨不得離得越遠越好。

明琛是在開刀時聽聞此事，心裡倒是沒什麼特別的波動。他猜想八成是蕭傳廷禍害過的小情人上門來尋仇了吧，沒把人閹了都是小事，這傢伙被揍一點也不奇怪，揍得好啊。

這件事情聽聽也就過去了，最近他自己要考慮的事有點多，沒空理會這種無關緊要的八卦。

那宗規模極大、極其惡性的醫療弊案偵辦得火速。據調查，收賄時間長達六年，光院長一人，已知收受的賄款就超過了一千多萬。一共九人遭到起訴，除了沒收犯罪所得以外，院長和整形外科主任這兩人，怕是十年以上的刑期跑不掉了。

除此之外，甚至還有他院高層也牽涉其中，正另外立案調查。簡直就是醫療界的大清掃。

常明醫院的高層慘遭血洗，剩下一些沒進去的莫名看著也挺可疑，有幾位甚至還在接受約談。爲了帶來新氣象，董事會遴選的新院長，是一位默默無名、行事低調的骨科醫師，姓何。

這位新院長上任沒多久，就找來了明琛，態度挺客氣的，問他有沒有意願擔任整型外科主任。

明琛沉默了一下，回答：「我再想想。」

明琛就卯起勁來想。

回家想，吃飯想，做愛時也想。想到紀項秋先受不了了，嘆口氣說：「想做什麼就去做吧。不要忘了，我是律師。」

明琛就笑了，抱著紀項秋親了好幾口。

隔天，明琛拿著先前醫院給他的賠償金，把欠醫院的錢還清了，而後反手就遞出一張離職申請。

他的聘期還沒到，按照醫院的黑心合約，是得罰錢的。

但現在院方都知道他背後有紀大律師坐鎮呢，誰敢攔他？說不定明天紀大律師就帶人去法院按鈴提告了，尤其這條罰錢的條款本就並不合法。

於是明琛的離職申請自然被批准了，再做一個月後就能離職。

離職單批准的時候，明琛心裡還是挺感慨的。他看著這棟幾乎囚禁了他半生的白色建築，表情高深莫測。

如果這時候有人問他一句心情如何，他會說：真他媽爽。

第十五章

這一個月，明琛還挺忙碌。

多半是在忙著交接。主要是他手上的病人數量實在太多，光是收尾和找人接手就很費工夫。他的門診也不再接初診，只看回診的老病人。

有些老病人是他在住院醫師時就一路照顧過來的，聽說他要走，好些人都離情依依、戀戀不捨，每回門診都搞得跟什麼送別現場一樣。

最後一次值班時，程泓又來急診報到了。

明琛是看了「被狗咬的」病歷紀錄，才想起來這人是誰。

程泓倒是一眼就認出了明琛，笑嘻嘻地對他說：「哎，醫師我們挺有緣啊，還不知道您怎麼稱呼？」

這傢伙心也是挺大，都躺在縫合室的病床上起不來了，還能沒心沒肺地衝著人笑。

「我姓明。」

「對，問你姓名呢……」

明琛用關懷弱智的溫柔語氣說：「我姓明，日月明。」

「……哦。」

這次的傷口在腰側，明琛皺眉檢視那一道頗深的擦傷，問道：「你這怎麼弄的？」

程泓聞言又來了精神，興致勃勃地說：「我有個朋友在玩改造槍枝，挺酷的。我去看他試槍，結果他不小心打到我。」

明琛簡直無言以對，只覺此人當眞於作死方面有極高的天賦，說要三更死，絕對不在人間留到五更。

「那你那朋友呢？沒跟你一起來？」

「哦，應該被警察抓了。」

明琛徹底無語，坐下開始處理傷口。快要收尾時，一個年紀看起來與程泓差不多的大男孩走了進來。

明琛看他一眼，問：「家屬？」

男孩搖頭說：「男朋友。」

……現在的年輕人眞實誠。

男朋友一來，原本還嘻嘻哈哈的程泓就沒骨氣了，哼哼唧唧地嚷著疼。

男孩一臉冷漠，「疼死最好，一天到晚找死，看你這智障下次還敢不敢。」

程泓雙眼一瞪，差點整個人坐起來，「什麼？你現在怎麼那麼無情？剛剛接到我電話時你不也被嚇得花容失色嗎？」

「誰叫你說得好像被歹徒槍擊了？」男孩翻了個白眼，「而且花容失色不是這樣用的！」

程泓戲還挺多：「你這個薄情的男人，昨晚在床上你不是這個樣子的……」

「我拜託你閉嘴吧。」

明琛一邊吃狗糧一邊把傷口處理完了。男孩把程泓扶起來後，轉頭禮貌地向明琛道謝，又問：「醫師怎麼稱呼呢？」

「我姓明。」

「對，問您姓名呢……」

明琛簡直要被這兩個唱雙簧的煩死。

出了縫合室，男孩去幫程泓領藥、繳費，手續辦好後帶著人慢悠悠地走出急診大樓。

明琛看著他們一邊罵罵咧咧，一邊相依偎著走遠，忽然就覺得這樣其實也挺好的。

都挺好的。

✦

最後一天上班日，明琛在行政部門跑離職手續時，遇到了許良爲。

魔鬼刀手許良爲下了手術台後，其實就是一個好脾氣的中年人，見到明琛便客客氣氣地打了招呼。

明琛看了看他手上與自己一模一樣的文件，有點訝異：「許醫師，你……」

許良為不好意思地笑笑，「最近不少人離職，我也想了很多，決定不要再硬撐了。」他們都要走離職流程，同路，就邊聊邊一起走了。

雖然許多笑料與八卦都是私底下說的，但當事人自然也不會毫無所覺。

許良為說，他也知道自己刀開得沒多好，但他從小就有著當醫生救人的夢想。當初他分數差了一點點，只夠塡上牙科，後來發現牙科中的口外也能開刀，就一頭熱地栽了進來。

「現在刀也開過了，人也救過了，眞的得承認自己不是這塊料……不過也算是圓夢了，沒遺憾了。」他的語氣很輕鬆，沒有老牌醫師慣有的死不認錯、死要臉面。

明琛問：「之後有什麼打算？」

「就去診所補補蛀牙、拔拔智齒吧，其實也不錯，不用值班顧病人，算是能好好享受生活了。」

明琛想像了一下，眞心道：「聽起來的確不錯。」

「明醫師你呢？之後去哪？」

「我啊……」明琛笑了笑，「這一年大概會先休息。交了國際醫療申請，可能會到各處走走看看。至於以後就等回來再說了，還沒決定好。」

許良為「哇」了一聲，好像覺得彼此水平實在差距太大，苦笑道：「眞了不起，開刀技術又好……我眞是沒法比。」

明琛愣了一下，思考片刻才又開口。

「其實做的都是救人的事，到哪都一樣是醫生。每個人都有自己合適的位置，沒什麼誰比誰好、誰比誰差的。」他笑了笑，又說：「只是走的路不同而已。」

許良為停頓片刻，跟著釋懷地笑了，嘆道：「你說得很有道理。」

手續跑完後，兩人客氣地道別。

許良為說：「明醫師，有機會再見啊。有蛀牙就來找我，雖然刀開得不怎樣，我補蛀牙還是可以的。」

明琛笑道：「我才沒有蛀牙。」

離職手續辦完後，明琛回到整型外科辦公室，一打開門，就被蛋糕糊了一臉。

明琛簡直傻眼，好氣又好笑地抹去臉上奶油後，才看清科辦內擠滿了人，氣氛吵鬧歡樂。有小胖、王苑如和整外其他大大小小的醫師，還有蘇璟玉和周弦，以及好幾個熟識的護理師。

把蛋糕糊他臉上的就是小胖。

這傢伙大概終於等到了以下犯上的時機，捧著一個大蛋糕沒完沒了地朝他身上抹，抹著抹著自己還先委屈了，眼眶都紅了起來。

明琛還得反過來安慰人。一個胖胖壯壯的大男孩，淚眼汪汪地衝著他看——真是讓人難以直視。

除了小胖哭哭啼啼之外，大部分人都在笑，科辦內一時充斥著各種喝采與祝賀。

祝他一帆風順，祝他事事順心。

祝他度過這一路曲折艱辛後，終能一世順遂平安。

明琛走出醫院時，遇見了斷指的莊先生一家。

這就有些尷尬，因爲他手上被塞滿了大包小包的餞別禮物，頭臉上還有一點清不乾淨的奶油，看起來挺狼狽。

但人家哪裡介意這些，莊先生背著一個兩、三歲的小孩，莊太太左右手各牽一個四、五歲的，一家五口見到他就興高采烈地走上前來。

「明醫師，我們的判決下來了，判了好大一筆錢！」莊太太說著說著差點又要落淚，「這都要謝謝您啊，還有那個小吳律師，太感謝你們了……」

莊太太叨叨絮絮說了許多，明琛也就陪她聊了好一會，聽她把莊先生手指復原的狀況、案件的進度、小孩子之後要上的幼稚園等等都講了。

話題到一個段落，她又拉了拉左右兩個小孩的小手，「快跟醫生說謝謝。」

這兩位小朋友也很乖，看著明琛奶聲奶氣地說：「謝謝醫生。」

然後莊先生上前一步，豪爽道：「這是我們親戚在鄉下種的玉米，保證沒有農藥，天然的！您拿去吃！」

明琛滿手東西，哭笑不得：「不用，眞不用，這怎麼好意思。」

莊先生才不管他，直接把左手提的一袋玉米塞給明琛，還挺重。

莊太太也熱心道：「我跟您說，這個很容易煮，直接用蒸的，吃之前抹點鹽，就很甜！或者切段，跟排骨一起煮湯……」

她和明琛介紹了「玉米的一千種吃法」，才終於意識到明琛手上的東西是眞的有點多，便關心地問：「唉唷，這樣好拿嗎？您一個人？要不要幫忙？」

一台熟悉的奧迪正好開進了明琛的視線之中。

橙紅色的斜陽將一切染上了溫暖柔和的色調，明琛看看那車，又看了看眼前，面上帶著笑容與感激的一家五口。

或許就如郭臻所說的那樣——曾經對人的善意，無論經過了多久，最終都能穿越過各種坎坷曲折，化爲一顆顆善果，降臨回到自己身上。

所以周而復始。

否極泰來。

「沒事。」

明琛笑了，夕陽下的笑容顯得十分溫柔。

他說：「不是一個人。」

✦

明琛把公寓退租了。

其實他早就不用租這麼大間的房子，自己一人固執守著當初一家四口住過的地方，也不過是想要留個念想。

現在他似乎能夠放下了。

他丟了大部分的雜物，只剩下一些醫學和工作相關的書籍和文件，連人帶物正式搬進了紀項秋的房子裡。

一個多月後，國際醫療申請核准，明琛第一站選定的是國外某處偏遠村莊。

紀項秋無條件地支持明琛去做想做的事情，然而這不妨礙他在分別前仍有些幽怨，就在床上卯起勁來折騰了人一整晚，隔天明琛都差點上不了飛機。

明琛在這村莊待了一個月，用英文與熱情質樸的村民們道別後，又去了第二站、第三站、第四站……

他去過大草原上頂著漫天星空的小鎮，去過半山腰上瀑布邊的部落，去過島民全住在水上屋的海島。有時連英文也不通，就比手畫腳，笑鬧半天才終於弄懂一、兩句話。

他在換站之間都會回國一趟，但與紀項秋仍是聚少離多，於是天天電話或視訊不斷，又變著花樣寫明信片寄給紀項秋。

紀大律師對此很寬容，大手一揮，表示沒關係，只說：「最後記得回家就好。」

卻又在每個月明琛回國時把人幹得下不了床。

一年後，醫療組織例行性地詢問明琛，是否還要繼續？

「不了。」他笑著說道：「家裡有人在等我。」

明琛回國時，歷時一年多的破繭運動也已落幕了。

醫療界歷經一番洗滌與改革，此外，住院醫師也終於有了相應的法規與政策保障工作權益。

八八工時被下修，上限改爲每週六十八小時，此外還多了很多複雜的細則，例如連續工作不得超過二十八小時，三天內不得超過兩日值班等等。

明琛沒細看，他忙著談戀愛跟找工作，沒空管這些有的沒的。

明琛在國際醫療時遇上了一個電視臺專訪，意外上了電視，大概高顏值也有加成，竟然引起了一波不小的關注，又加上他在整外本就有口碑，許多家醫院都主動對他拋出了橄欖枝。

他還沒想好去哪，這陣子就暫時在林老的診所兼了幾個診，偶爾還和紀項秋一起去林老家蹭飯吃。

年紀慢慢大了以後，身體多少都會有些小毛病。林老夫婦還算硬朗，唯林老這幾年血壓高了一點，沈安煮的飯菜便都清淡了些。

飯桌上的話題，最常是明琛和林老在討論醫院或者手術相關的事情。這兩位都挺有本事，也都有各自的脾氣與獨到的見解，常講沒兩句就吵了起來。

像今天，他們本來只是在討論哪間醫院未來比較有發展性，講著講著又陷入了爭論。

林老怒地一拍桌，桌上的湯匙都跳了一下，他罵道：「臭小子，別得意忘形！告訴你啊，我吃過的鹽可比你吃過的飯還多！」

明琛面無表情說：「哦，怪不得您血壓高呢。」

林老被噎得一時說不出話，只能吹鬍子瞪眼睛。

沈安和紀項秋見怪不怪，不理會這兩位大齡兒童的日常吵鬧，在旁邊替他們剝著橘子。

果然，這兩位吵沒兩分鐘又和好了，聊著聊著話題就落到了紀項秋身上。

林老問：「項秋呢？最近都還好嗎？」

紀項秋笑道：「都好。」

「好、好，看你們兩個現在交情那麼好，彼此有個照應，也挺不錯……」

林老以爲他們只是好友，還挺欣慰，不曉得他們實際的「交情」跟林老以爲的「交情」並不是同一個意思。

如果他知道眞相的話，血壓不曉得會不會當場飆升到一百八。

飯後明琛他們幫忙收拾了碗盤，不想打擾到兩位長輩休息，沒待太久就道別走了。

紀項秋載著明琛回家，車停好後兩人也沒馬上進屋，而是牽著手在社區的步道上散步，消消食。

明琛走訪世界各地這一年，遇到過很多千奇百怪的趣事，這會又想起了一樁，正興致勃勃地和紀項秋講著。

紀項秋一面聽，一面覺得，這一年來明琛有了些變化。

他曬黑了一點，也開朗了一點，看著似乎更成熟、更穩重了，但他眼中有光，像是終於找回了信念與熱血。

或者說，也許這才是明琛最初真正的模樣。

紀項秋望著他，嘴角含笑，心想：合該如此。

他就合該心高氣傲。

合該是天之驕子。

✦

在明琛決定好下家以前，常明醫院的何院長又找上了他。電話談了四、五次，飯吃了兩、三回，態度可說是十分誠懇了，通篇就只有一個意思：要不要回來？

除去入獄的醫師之外，這一年來離職的人也不少，因此常明醫院正不停地廣招人才，規矩重立，成員大換血，氣象幾乎煥然一新。

即使常明醫院去年經歷了這麼大的風波，瘦死的駱駝比馬大，這間過去排名頂尖的醫院，在弊案的影響慢慢消退之後，逐步回到正軌，繼續穩定地發展。且無論是技術、器材、設備，確實是其他院所目前仍舊望塵莫及的。

所以要回去嗎？

要是以明琛過去的心理狀態來想這個問題，那當然是：我他媽才不回這鬼地方。

但經過了這整整一年的沉澱，時過境遷以後，他的心境有所變化，已經能以較為客觀平穩的心態去看待這件事情。

他與紀項秋討論過，也和林傳雄聊了一陣，後又與何院長談了很多，最終被說動了。於是兜兜轉轉，他又回到了常明。

一個月後，正式上工的前一天，他去了常明醫院的人事部交一些資料，重辦入職手續。

辦好後走出醫院時，紀項秋還沒到，他便在停車場等對方過來接他。

他轉過身，入目的仍是這一座高聳潔白的建築物，與其上亙久不變的八個金色大字。濟世愛人，希望常明。

或許傷痕一道道堆疊、結痂，而後癒合，最終已看不出最初的模樣，亦記不清當時的痛楚。

他靠在醫院外頭的矮牆邊，仰頭看了好一會，似乎頭一次覺得，陽光打在這八個金字上反射出的光芒，其實也不是那麼的刺眼。

「琛琛。」

明琛嘴角彎起一個笑，扭頭道：「來了。」

全文完

番外
戒指

律師事務所最近有個謎團——紀律師是不是要結婚啦？

主要是某天，有個小律師來找紀項秋討論事情，不小心瞥見了紀項秋正在瀏覽的網頁，似乎是某個品牌的鑽戒目錄，儼然一副在挑選婚戒的模樣。

不過，現在社會自由、沒那麼多講究，配戴飾品的原因也五花八門，有些是爲了好看，有些是防騷擾，倒也不一定是想當然耳的那樣。

畢竟……律師娘是誰啊？從來沒人見過啊！

少數膽子大的、好奇心重的，也曾試探性地去問過本人。

面對這些探究，紀項秋從不否認，卻也沒主動說更多，只是笑笑。他地位擺在那兒，沒多少人敢窮追猛打地問，於是此事便一直是事務所的懸案之一。

除非有人爲了案子加班，否則事務所工作生態是標準的朝八晚五，員工作息還挺健康的。現在時間接近晚上六點，事務所內沒剩幾人，是正準備要拉下鐵門的節奏。

紀項秋在辦公室內收拾東西，一邊翻看著手機訊息。

「下班沒？一起吃飯嗎？」

紀項秋打字回道：「好，我也要回去了。」

事務所的玻璃大門上掛有一串風鈴，每當有人來訪，都會發出一陣叮叮噹噹的聲音。此時天色已暗，寧靜的室內，忽然響起了風鈴清脆的聲響。

「請問有預約嗎？」櫃檯小姐愣了愣，抬起頭來客氣地笑道：「我們差不多要關門囉。」

紀項秋從辦公室走出時，正好望見來者是一位陌生的婦人，似乎不曉得事務所採預約制，婦人露出了有些不好意思的笑容，搖頭說自己沒有預約。

櫃檯小姐便說：「還是我這邊先跟您另外約個時間？請問大名是……」

驚鴻一瞥下，紀項秋總覺得這位婦人有些面善，但也沒放在心上，他反手把辦公室門鎖上，正要離開，從旁路過時，卻正好聽見了婦人報出的名字。

而後他的步伐頓住了。

事務所已經熄掉一半的燈又重新亮了起來。

辦公室內，紀律師與婦人對桌而坐。趁助理替他們上茶水的間隙，紀項秋微微低頭，向明琛又傳了條訊息：「抱歉，工作臨時有事。你先吃吧，不用等我。」

然後助理退開了，離開時帶上了門。

紀大律師素來是按時計酬，此時卻沒有要計時的意思，簡短自我介紹後，用閒談的口吻問道：「所以，您是想問什麼事情？」

婦人看起來五十歲上下，氣質沉靜優雅，雖說面上已有歲月的痕跡，但仍不難看出，年輕時應當是個很漂亮的女人。

她衣裝配色都很低調，不過懂行的人都看得出，她用的絲巾、手提包、首飾等都是有品牌的，價格不菲。就連身上的香水味都頗爲講究，聞起來細緻淡雅，家境顯然相當優渥。

大概是第一次來這種場所，婦人起初還有些拘謹，聊了一會才漸漸放鬆下來，緩緩道出來意。

原來出事的不是她，可能要吃官司的是她的兒子。

事件本身倒也不是太大，她有個二十歲的兒子，前陣子開車時與一輛機車發生擦撞，機車騎士傷勢不輕不重，有一些擦傷瘀青，外加左手骨折。

婦人稍微解釋了下車禍當時的情形，又委婉道：「我兒子有時脾氣衝了些，事發當下，他的態度可能……不太好，對方後來拒絕調解。這樣的情況……會很複雜嗎？」

其實，以婦人家的經濟條件，並不怕賠錢，只是一聽說對方要提告過失傷害，兒子有可能得背上刑事責任，她難免緊張起來。

「複不複雜，取決於你們想要的結果，」紀項秋指尖輕敲著桌面，沉吟道：「如果打算認罪、爭取從輕量刑，可能幾個月就能結案。但如果是想打無罪，那又是另一回事了。」

紀項秋微微側身，一邊說明，一邊在白板上寫下各種可能的狀況，最後又問：「您兒子沒一起來？」

「我比較緊張一點，想著先來替他問問。」婦人略微不好意思地笑笑，「我叫不太動他。」

紀項秋露出理解的表情，點點頭，「沒事，青少年麼。」

言下之意是青少年多少會有些叛逆的意思。

婦人聞言卻是遲疑了下，澄清道：「其實，他平時還是挺乖的。只不過他……不是我親生的，我們是二婚家庭，他是我的繼子，所以才……不太聽我說的話。」

說著，她又笑了笑，笑中帶著無奈，卻也頗爲寬容：「所以，下次吧，下次我讓他爸帶他一起來。」

紀項秋看著婦人面上柔和的笑，沉默片刻，忍不住說道：「您待他眞好。」

他的話語帶有一點意有所指，但非常隱晦，婦人自然沒有聽出來，兩人隨即又說回車禍相關的事情。

半小時後，紀項秋做了總結：「回去跟您先生和兒子討論看看，再決定要不要遞委任狀吧。」

「好，謝謝律師。」

「我送您。」紀項秋一邊說著，一邊拉開公事包，把桌上的雜物掃了進去，然後跟著起身。

他打開包時沒有避著婦人，婦人站在桌前不遠處，不經意就瞥見了一個十分醒目的絨布盒子，她和善地笑問：「律師要結婚啦？」

「也不算是，」紀項秋知道她看見了什麼，跟著笑了笑，神色溫柔了幾分，「就是個禮物而已。」

婦人沒有要八卦的意思，只是道了聲恭喜。兩人一前一後地往外走，紀項秋打開辦公室門時，才發現婦人不知爲何停在半路，正怔怔地望著一旁的展示櫃，沒有跟過來。

除了一些書籍法典之外，櫃上放的是紀項秋歷年來收到的各種證書和感謝狀，以及幾個相框。相片多半是合影，合影對象有同僚，有朋友，也有合作過的當事人。

除此之外，出現最多的是明琛。

「這位……」婦人神情有些恍惚，半晌才艱難道：「是律師您的朋友？」

紀項秋不用看也知道她指的是誰，答道：「嗯，我們……」他頓了下，最後只是保守地說：「很熟。」

「很熟」這個說法似乎透露出某種訊息，婦人終於想通了什麼，身軀微微晃了一晃。她扯了扯嘴角，似乎想笑一下，卻不是太成功，笑容顯得蒼白又僵硬。

「律師你……一開始就知道我是誰嗎？」

紀項秋直直望著婦人，沒有正面回答這個問題，半晌，他只是嘆道：「薛女士，您和他實在長得很像。」

那天後來，紀項秋回到家時已經接近九點。他從浴室盥洗更衣出來，一到臥室，就被明琛撲倒在床上。

紀項秋有些莫名，也沒掙扎，只是好笑道：「幹麼呢？」

明琛跨坐在他身上，居高臨下地審視著他，哼哼兩聲：「紀大律師連續三天晚歸啊，從實招來，剛剛做什麼去了？」

他竟是一副興致勃勃要捉奸的模樣。

明琛其實鮮少這樣「查勤」，紀項秋微微一愣，說道：「下班前臨時來了個客人，耽誤了點時間。」

「嗯哼，那昨天呢？」

「昨天……」昨天紀項秋是繞路去拿訂製好的戒指，但這件事還不到說出來的時候，他便避重就輕地說：「只是去買了點東西。」

「哦？那前天呢？」

「前天是余檢座來找我說了點事……」

明琛忽然眼睛一亮，「好哇，你這下被我抓到了吧！」

紀項秋一陣無語，看著眼前這人一臉「終於輪到我了吧」的模樣，紀項秋終於意會過來他是在玩什麼花招。大概紀項秋過去吃過的陳年老醋太多，且總是藉此在床上變著花樣折騰人，明琛現在是想要借題發揮，來個絕地反擊了。

於是紀項秋幽幽地說：「我一直忘了告訴你，雖然余舜星這人看起來的確gay裡gay氣的，可是眞的直到不行，他兩個女兒都已經上幼稚園了。」

明琛被這番話噎了一下，然而他才不管這麼多，現在講道理的人就輸了。他委屈，他難受，他生氣氣。

「我不管，反正你給我躺好了，今天我……」

紀項秋從善如流道：「好，你自己動。」

……咦？

後來，根本沒想好怎麼「折騰人」的明琛，還是沒做出什麼厲害的反擊，反而被紀項秋哄著解鎖了新姿勢。

他仍跨坐在紀項秋的腰上，身上只剩下一件寬鬆的上衣，光裸修長的雙腿分開來跪著，穴口艱難地上上下下，吞吃著男人硬挺碩大的性器。

明琛頰上帶著情動的酡紅，幾滴淋漓的汗珠滑過下顎，亮晶晶的。從紀項秋的視角看上去，那模樣實在很性感。

他伸手探入了明琛的衣襬底下，輕撫著那一截腰線，哄道：「乖，再進去深一點。」

說著，他小幅度地向上頂弄了幾下，引得明琛嗚咽著搖頭，腿根顫抖，一時沒了動作。

「不是說要換你來嗎？」紀項秋半撐起身來，親了親他的耳垂，「好好弄，弄你舒服的地方。」

明琛眞是悔恨自己爲什麼要這樣瞎折騰，又累又不得勁。他把臉埋到紀項秋的頸間，賭氣道：「不弄了，累了，我要睡了。」

紀項秋失笑，摟著人翻了個身，性器再次捅開濕潤微張的穴口，一下插到了最深處，而後重新反客爲主，快速地抽送了起來。

「哈、嗯……等等……」

「沒關係，明天週六。」紀項秋身下一邊挺動，一邊吻著他，說道：「你可以睡很晚。」

翌日兩人確實睡得很晚，明琛睜眼醒來時發現，紀項秋難得也還沒起床，還躺在他的身後，一隻手從後方伸過來虛虛地摟著他。

定睛一看，明琛忽然注意到紀項秋手指上戴著個什麼，昨晚睡前分明還沒有的。他好奇地想碰，伸出手來才發現自己左手無名指上也有個東西。

原來是一對成對的戒指。

因爲是特別訂製的男式對戒，戒指的設計很獨特，整體風格偏向沉穩低調。鉑金的戒環上鑲嵌著黑色的碎鑽，排列出流暢俐落的線條，到戒面處則順著戒環拱起，環抱著一顆晶透的白鑽。鑽石的大小並不浮誇，但車工完美，折射出明亮璀璨的光華。

而紀項秋手上的那只，只在黑鑽與白鑽的排列上做了些變動，除此之外，兩者款式非常接近，是一目了然的對戒。

「生日快樂。」紀項秋的聲音從後上方傳來，摟著他的手臂緊了緊，「好看嗎？」

明琛腦中一時浮現兩個念頭，一是原來紀項秋早就醒了，二是對欸，今天是我生日！所以這顯然是生日禮物了，應該是紀項秋趁他睡著時替他戴上的。

明琛抓著紀項秋的手，仔細打量比對兩只戒指，戒圍正好，嚴絲合縫。他眸光亮亮的，看起來還挺高興，答道：「好看。」

「我還給你配了一條鍊子。你要是手術時不方便戴，可以穿成項鍊。」

明琛點點頭，忽然又想到了什麼，他扭頭看向紀項秋，半調侃地問：「這個不會是婚戒吧？」

紀項秋笑了下，「我本來也這樣想過。」

他倆其實都不是高調的人，卻也架不住三天兩頭有大媽級的客戶或病人，熱心地問他們結婚沒，同時興致勃勃地想替他們介紹對象。他們通常也不會去解釋，但聽得多了，偶爾還是感覺挺沒意思的。

所以紀項秋便想要送點什麼，讓兩人身上能有個專屬於彼此的印記。

「不過，後來又覺得，婚戒的話，還是之後一起去選吧。」紀項秋親了親明琛的耳朵，「選你喜歡的。」

後來，紀項秋還是坦白交代了自己前幾天的行蹤。

一天是訂製的戒指做好了，他特別繞路去取，還和店員討論了一下包裝的細節，這才遲了一些。

另一天是余舜星來找他。主要是明琛當初曾把陳言德暴打過一頓，那時紀項秋為了把明琛摘乾淨，與陳言德做了一些條件交換，余舜星這趟來就是跟他說了下後續。這件事畢竟不是多光彩，紀項秋先前便沒想和明琛細說。

原來紀項秋晚歸的原因都與自己有關，明琛有些不好意思地「唔」了一聲，又問：「那昨天呢？」

提起昨天，紀項秋卻是沉默了片刻，才有些欲言又止地說：「有個人想要見你。」

✦

幾天後一個晴朗的下午，明琛推門走進律師事務所斜對面的一間咖啡廳。

他本以為自己可能還要花點時間找人、認人，實際上卻沒有。幾乎是一踏進店裡，他立刻就與角落一位獨坐的婦人對上了眼。

從門口到那一桌，不過十幾步距離，明琛提步過去時卻感覺十分漫長，像是走過了歲月的縮影，無數記憶的碎片翻湧著掠過。他恍然驚覺，曾以為已經淡忘的面容，原來竟仍是如此清晰可辨。

明琛終究是走到了桌邊，與婦人相顧無言。半晌後，還是他先開了口：「……媽。」

恍如隔世。

薛鳳珠從恍惚中猛然回神，略微生硬地笑了笑：「來了？你……你先坐吧。」她顯得有些無措，想給明琛點一杯飲料，招來服務生後，才發現自己根本不曉得親生兒子喝什麼、不喝什麼，忽然間又頓在了那裡。

明琛及時出了聲：「冰拿鐵，謝謝。」

服務員離開後，場面重新陷入安靜。

過了一會，薛鳳珠艱難地打破了沉默，問道：「你這些年來……過得還好嗎？」算一算時間，她是在明琛住院醫師時期離開的，他們該有將近五年沒有見面了。

明琛看著她面上新添的細紋，一時也有些怔忡。

過去他不是沒有預想過，說不定未來哪天，在這個城市的某個角落，自己會與開始了新生活的母親不期而遇。他以爲他會難受、會怨懟——但實際上什麼也沒有。

重新再見到這個人，那些所謂的愛或恨，其實都早已淡了。

直到這一刻，明琛才忽然眞切地感受到時光的流逝，眞切地感受到，原來過去的，是眞的都過去了。

於是他終於能夠露出一個眞心的微笑，像面對陌生人般，平靜地答道：「嗯，現在一切都很好。妳呢？」

他雲淡風輕的態度讓薛鳳珠放鬆了些，又矛盾地感到悵然若失，可她沒有表現出來，只是跟著笑了笑，盡可能維持住這還算平和的氣氛。

外頭陽光正盛，兩人在落地的玻璃窗邊相對而坐，接下來的一個小時，平心靜氣地聊著不著邊際的瑣事，例如明琛的事業，還有薛鳳珠再婚後的生活等等。

聽了對方的近況以後，明琛眞心實意地說：「妳先生待妳很好。」

這話不是問句。從薛鳳珠紅潤的氣色、細緻光滑的十指，還有整個人的神態，皆可見一斑。

「嗯，他……確實很好。」薛鳳珠唇邊不自覺流露出幸福的笑意，反問：「你呢，打算要結婚了嗎？還是……」

她指了指明琛頸上細鍊掛著的戒指。

聞言，明琛只是笑了笑，並不答腔。

薛鳳珠怔了怔，自覺自己怕是過問得太多了，忙道：「抱歉，我只是隨口問問。」

此話一出，原本還算和諧的氣氛忽然又冷了下來。幾秒的安靜過後，薛鳳珠嘆了口氣：「對不起。」

明琛依然沒有回話，也不去看她，而是垂下了眼簾，望著面前玻璃杯上沁出的冰涼水珠。

薛鳳珠則繼續說道：「雖然現在道歉也於事無補，你恨我、怨我都是應該的，我的確是一個很差勁的母親。今天來……就只是想看看你，你不用有任何負擔。」

過去有很長一段時間，她歇斯底里、躁鬱失控，眼中只有自己。最後，又在一切最糟糕的時候抽手離開，徒留給明琛一身的傷痕，連明芊的最後一面也沒有見到。

等她終於追尋到自己想要的幸福，生活與心境都好轉起來以後，回頭去看，才終於後知後覺地感覺到不捨、感覺到內疚。

這是她親生的孩子啊。

明琛安靜了片刻才重新抬眸，還沒開口，眼角餘光先瞥往了玻璃窗外。

只見隔著一條馬路，斜對面的律師事務所大門正好打開，紀項秋領著一個中年男人與一名青年走了出來，三個人一邊說話一邊穿越馬路，正往這個方向過來。

明琛看了看紀項秋在陽光下朝他走近的身影，視線轉回來，先說的卻是：「你們找律師，是遇上了什麼麻煩嗎？」

薛鳳珠因這跳躍的話題而愣了一下，忙道：「我繼子有些車禍上的糾紛。也沒什麼，不是大事。」

「那就好。」明琛點點頭，又忽然說：「我不恨妳。」

迎著薛鳳珠訝異愣怔的目光，明琛笑了笑，繼續說道：「以後，如果妳遇到什麼困難，或有什麼需要幫忙的地方，可以聯繫我。除此之外，我想我們……不必有更多的交集，妳過得很好，我也是。這樣就夠了。」

隨著年歲漸長，如今再回顧她曾帶來的傷害，他終究已經能夠釋懷。

薛鳳珠是他的母親，同時也是個凡人，她會疲倦，會崩潰，也會渴望能活得輕鬆，渴望能夠被愛。當時她的心病了，只不過是個可憐的女人罷了。

他不怨恨也不責怪，然而也僅只於此。

他們二人之間，其實早已被時間磨耗得不剩下什麼了。

明琛最後又報了個地址，「芊芊的牌位在那裡。妳若有心，偶爾就去看看她吧。」我原諒妳，但從此也不必再互相打擾。薛鳳珠聽懂了他話裡的意思，沉默片刻，才神色複雜地說：「好，我明白了。」

一旁傳來幾下輕叩聲。

兩人同時側頭望去，就見隔著一面玻璃，紀項秋正立在外頭的街道上，一旁站著薛鳳珠的丈夫與繼子。

紀項秋向薛鳳珠點點頭，又衝明琛笑了下，而後三人往店門口走去，像是正要進來找他們。

在這短暫交會的幾秒中，薛鳳珠先是瞧見了紀項秋和明琛四目相接時面上的笑容，後又注意到紀項秋無名指上戴著的、與明琛同樣款式的戒指。

「你和紀律師……」她訝然開口，話說一半，又意識到自己其實沒有什麼立場過問，遂又打住了。

倒是明琛不甚介意地笑了，坦然地說：「如果沒有他，就沒有現在的我。」

聞言，薛鳳珠有些驚愕也有些茫然，一時可謂是百感交集，最終也只能點點頭，嘆道：「好、好，你們……好好地過吧。」

「妳也是。好好保重。」

兩人一前一後地起身往外走，遠遠就望見那三個人正站在櫃檯前等著他們。

半途中，明琛冷不防問：「他有比我好嗎？」

薛鳳珠順著他的目光朝前望去，看到了自己二十歲的繼子，這傢伙雙手插在口袋裡，跩跩地站著，神情彆彆扭扭，看起來就是個還不大成熟的叛逆公子哥。

薛鳳珠頓了下，實誠道：「他不如你。」

明琛笑了：「我想也是。」

那笑容是薛鳳珠記憶中罕有的恣意與張揚，讓她一時不禁有些失神。她望著明琛腳步輕快地走到紀項秋身邊，又回頭朝她揮了揮手，姿態如此灑脫又自由，也不知是欣慰或者什麼緣故，幾乎讓她眼眶忽然一熱。

「都談好了嗎？」

一旁傳來丈夫關心的問詢。薛鳳珠眨去眼中淚意，扭頭笑著說：「好了，我們走吧。」

明琛堅持買單，薛鳳珠一家三口便先一步離開了咖啡店。

紀項秋陪著明琛在結帳櫃檯前等候，一邊觀察著他的神情，問道：「你還好嗎？」

面對關切，明琛就想起了幾天前，紀項秋最開始向他提起這件事的時候，似乎也是這樣的體諒又慎重。

當時，紀項秋沒有多勸什麼，只是揉了揉他的頭，說道：「不想見就不要見，不想原諒就不要原諒，不必委屈自己。有我在，你想怎麼樣就怎麼樣。」

其實，明琛之所以能夠對一切釋懷，與其說是因為時間或成長，倒不如說是因為有紀項秋在他的身邊。

他的心已被愛填滿，早已沒有多餘的空間，再去裝下這些仇恨或怨懟了。

明琛嘴角彎了彎，沒有回答這個問題，卻是忽然伸手，偷偷摸了下紀項秋無名指上與自己成對的戒指。

然後他笑著叫了一聲：「紀哥。」

「嗯？」

「我好愛你啊。」

咖啡廳的大門打開又關上，兩道身影並肩相伴，談笑著踏入午後璀璨溫暖的陽光之中。

後記
希望確實常明

《常明醫院》對我來說意義非凡，寫作時夾帶了很多個人感情，實在是因爲這個故事有太多靈感都取材自我現實的工作。

在醫院上班的緣故，我每天都會見到非常多人事物，不論是醫師或病人、好事或壞事。這裡總是充斥著太多生老病死，幾乎是一個負能量的聚集地，所以我便想寫一部以醫院爲背景的治癒文。

不過，文中倒也沒有完全照搬台灣現行的醫療法規，讀者們還是可以把故事背景當成架空的世界，眞要對照的話，大概比較接近台灣幾年前的醫療環境。

台灣自從二〇一八年將醫師納入勞基法之後，八八工時已被下修，也追加了許多住院醫師的權益及打卡制度。儘管工作環境依舊不輕鬆，但至少改善了很多，連續開刀三十六小時以上沒休息的情況也比較少發生了。

故事中醫院的名字之所以取作「常明」，是想帶來希望猶存的感覺，一種「點燈」的感覺，所以我也特意在文中描述了許多「光線」。譬如明琛和紀項秋在一起第一天的黎明曙光、兩人潛水時陽光點亮了海水、小李最後看到的日出、配合明芊重病的遲暮、明芊受傷時明琛逆著光站在病房、尾聲的溫柔夕陽等等。

小明當年出國前，以及小李跳樓前，他們都回頭看了一眼在醫院外牆上的金色大字——希望常明。這裡我想營造出一種對比和諷刺，他們看著那四個字卻感受不到希望，然而在完結時我又特意讓心境轉變後的小明回頭再望一眼。

原來，痛苦終究會過去，希望確實常明。

紀律師寫在小說扉頁的現代詩，作者為漢族人扎西拉姆·多多，全文是：

看見山時，你在山之外。看見河流時，你在河流之外。如果你能觀照你的痛，你便開始自痛中解脫。如果夜太涼，你可以焚香，煮茶，或者思念，總有一種暖。掛滿你我回憶的老牆，不要去倚靠，會有時光剝落。

這是一首很治癒的詩，我還滿喜歡的，分享給你們，祝福大家不論遇到什麼不開心或不順遂的事，都能很快地走出來。

順帶一提，水肺潛水是我非常喜歡的一項運動！不曉得這裡有沒有同道中人？

文中在海裡接吻的那段「停留時間」，是當人潛水超過一定時間或深度時，為了避免發生減壓疾病（俗稱潛水夫病），不能立即浮上水面，需在海中進行減壓停留，那段等待減壓的時間全名為「安全停留時間」。

某次潛水，我和教練兩個人在做減壓停留，因為等得無聊，且近在眼前的教練顏值挺高、肌肉結實，加上海中靜謐無聲，實在很有氣氛。於是我就開始在腦中放飛自我，想著如果現在是連續劇的場景，此處應有接吻橋段……

紀項秋和明琛在海中親吻的情節就是這樣來的，不知道我該不該謝謝那位教練？

另外，也想聊聊一位書中的小角色——被狗咬的天兵程泓。

這個角色其實是真人真事改編，我曾有個二十歲左右的男性病人，他因為肺部撕裂傷入院。

手術後我問他是怎麼受傷的，他說他的朋友在玩改造槍枝，他去看對方試槍，結果不小心被子彈打到。接著我又問他，為什麼朋友沒來探望他？他說他應該被警察抓了。

因為這件事實在太好笑，經過一番擴寫，程泓就誕生了！

醫療院所真的很常出現各種愛作死的小可愛，讓人哭笑不得……未來我也會繼續分享這些趣事給大家。

最後我要說的是，真的非常謝謝看到最後的各位，也很謝謝在《常明醫院》還在連載階段時就一直幫我打氣、留言的朋友們，以及辛苦校稿的編編們，超級愛你們！

今天下小雨

國家圖書館出版品預行編目資料

常明醫院 / 今天下小雨著. -- 初版. -- 臺北市：城邦原創股份有限公司出版：英屬蓋曼群島商家庭傳媒股份有限公司城邦分公司發行, 民 111.03
面；公分. --

ISBN 978-626-95625-2-7（平裝）

863.57　　110022582

常明醫院

作　　者／今天下小雨
企畫選書／楊馥蔓　　行銷業務／林政杰
責任編輯／楊馥蔓、林辰柔　　版　　權／李婷雯

網站運營部總監／楊馥蔓
副總經理／陳靜芬
總 經 理／黃淑貞
發 行 人／何飛鵬
法律顧問／元禾法律事務所　王子文律師
出　　版／城邦原創股份有限公司
台北市中山區民生東路二段 141 號 6 樓
電話：(02) 2509-5506　傳眞：(02) 2500-1933
E-mail：service@popo.tw
發　　行／英屬蓋曼群島商家庭傳媒股份有限公司城邦分公司
聯絡地址：台北市中山區民生東路二段 141 號 11 樓
書虫客服服務專線：(02) 25007718・(02) 25007719
24小時傳眞服務：(02) 25001990・(02) 25001991
服務時間：週一至週五09:30-12:00・13:30-17:00
郵撥帳號：19863813　戶名：書虫股份有限公司
讀者服務信箱 email：service@readingclub.com.tw
城邦讀書花園網址：www.cite.com.tw
香港發行所／城邦（香港）出版集團有限公司
地址：香港灣仔駱克道 193 號東超商業中心 1 樓
email：hkcite@biznetvigator.com
電話：(852)25086231　傳眞：(852) 25789337
馬新發行所／城邦（馬新）出版集團 Cité(M)Sdn. Bhd.
41, Jalan Radin Anum, Bandar Baru Sri Petaling,
57000 Kuala Lumpur, Malaysia.
電話：(603) 90578822　傳眞：(603) 90576622
email:cite@cite.com.my

封面插畫／秋橙
封面設計／Gincy
電腦排版／游淑萍
印　　刷／漾格科技股份有限公司
經 銷 商／聯合發行股份有限公司
電話：(02)2917-8022　傳眞：(02)2911-0053

■ 2022 年（民 111）3月初版　　Printed in Taiwan

定價 / 330元

ISBN　978-626-95625-2-7

本書如有缺頁、倒裝，請來信至service@popo.tw，會有專人協助換書事宜，謝謝！